사르비아 총서 · 644

모 모 (상)

미하엘 엔데 지음 / 서석연 옮김

범우사

국립중앙도서관 출판시도서목록(CIP)

모모. 상 / 미하엘 엔데 지음 ; 서석연 옮김. -- 파주 :
범우사, 2005
    p. ;   cm. -- (사르비아총서 ; 644)

원서명: Momo
원저자명: Ende, Michael
ISBN 89-08-03325-4 04850 : ₩6000
ISBN 89-08-03202-9(세트)

853-KDC4
833.914-DDC21   CIP2005001638

Michael Ende MOMO

모모(상) · 차례

이 책을 읽는 분에게 · 5

1 모모와 친구들
어느 대도시와 꼬마 소녀 · 15
비범한 재간과 평범한 싸움 · 26
항해탐험과 진짜 소나기 · 39
과묵한 노인과 수다쟁이 청년 · 57
많은 사람을 위한 이야기와 한 사람만을 위한 이야기 · 70

2 회색 사나이들
협잡꾼과 남을 속이는 계산 · 91
모모의 친구 방문과 적의 모모 방문 · 115
수많은 몽상과 약간의 망설임 · 156
열리지 못했던 좋은 집회와 열렸던 나쁜 집회 · 174
다급한 추적과 느긋한 도주 · 190

이 책을 읽는 분에게

'시간이 없다', '짬이 나지 않는다' —우리는 이러한 말을 매일 듣기도 하고 자신이 내뱉기도 한다. 바쁜 어른들뿐만 아니라 아이들의 경우에도 그렇다. 하지만 이렇게 부족해진 '시간'이란 도대체 무엇일까? 기계적으로 잴 수 있는 시간이 문제가 되는 것은 아닐 것이다. 인간의 마음 속의 시간, 인간이 인간답게 살아가도록 하는 시간, 그러한 시간을 우리는 점점 잃어가고 있는 것 같다. 이와 같은 신비한 수수께끼와 같은 시간이 이 불가사의한 모모 이야기의 주제인 것이다.

이야기의 무대는 이탈리아를 상상케 하지만 어디라고 분명히 알 수는 없는 나라의 큰 도시다. 하지만 이 대도시는 지금 우리가 살고 있는 도시와 아주 비슷하다. '회색 사나이들'에게 조종되기 시작한 이 도시의 사람들은 지금의 우리들 자신과 너무나도 닮은 것이다. 이 도시는 전형적인 현대의 대도시로서 로마나 뮌헨 혹은 서울일 수도 있는 것이다.

주인공 모모는 나이와 태생을 알 수 없는 떠돌이이다. 본래 현대와 같이 완전히 조직화한 사회는 떠돌이라는 존재를 허용하지 않는다. 그러므로 여기서 모모는, 모든 것이 관리되는 문명 사회의 틀 안에 아직 발을 들여놓지 않은 인간, 현대인이 잃어버린 것을 여전히 풍부하게 지니고 있는 자연 그대로의 인간을 상징하는 아이인 것이다.

상대방의 이야기를 참고 조용히 들음으로써 그 사람으로 하여금 자신을 되찾게 하는 불가사의한 능력, 우주의 음악을 알아듣고 별들의 소리에 귀기울일 수 있는 능력을 지닌 모모는 인간에게 산다는 것의 참된 뜻을 다시 한 번 깨닫게 하기 위하여 이 세상에 보내진 아이일 것이다.

그런데 이 모모를 에워싼 세계는 '회색 사나이들' 이란 기묘한 암적 존재들에 의해 침식당하기 시작하고 있다. 사람들은 '편한 삶' 을 위해서라고 믿고는 필사적으로 시간을 절약하고 쫓기듯이 살고 있다. 아이들마저도 그들의 놀이를 빼앗기고 '장래에 도움이 되는' 공부를 강요당하고 있다.

이런 상황의 원인을 알아차리고 경고하려 드는 사람은 베포와 같이 미친 사람으로 취급받아 정신병원에 갇힌다. 또한 꿈을 지니고 살아가는 지지는 그런 세상에서는 거대한 정보산업에 따라 춤추게 되는 꼭두각시 같은 작가가 된다. 이리하여 사람들은 시간을 빼앗김으로써 참된 '삶' 을 박탈당하고, 마음은 삭막해지고 거칠어져 가기만 한다. 그와 더불어 겉으로 보이는 높은 능률이나 발전과는 정반대로 도시는 점점 사막으로 변해 간다.

그런데 이 대도시의 어딘가에 마치 4차원 세계로 들어가는 통로와 같은, 그 누구도 모르는 이상한 지역이 있다. 그 저편에 있는 것이 바로 '시간의 나라'이다. 그 나라에서 온 사자使者는 느리기로 유명한 거북이며 태곳적부터 살아온 카시오페아이다.

모모는 카시오페아를 따라 시간의 나라로 가서, 시간을 다스리는 호라 박사로부터 시간의 의미를 배운다. 그리고 시간의 꽃이 피는 화려하고 웅장한 사원을 보고서 한 사람 한 사람에게 주어지는 시간의 풍요함과 아름다움을 알게 된다.

이 신비로운 시간의 나라 이야기와 인간에게서 시간을 훔치는 회색 사나이들의 소름끼치는 음모의 이야기가 뒤섞여 진행되면서 사건은 급속도로 절정을 향해서 나아간다. 모든 것이 끝난 다음에 사람들은 다시금 시간을 충분히 갖게 되고 마음도 풍요로운 생활로 다시 되돌아온다. 하지만 독자인 우리들로서도 사건이 해결된 것일까? 우리들의 주변에서도 회색 사나이들이 자취를 감추었는가?

'지은이의 짤막한 뒷이야기' 중에서 수수께끼의 인물은 이렇게 말하고 있다. "저는 당신에게 지금 한 얘기가 과거에 일어났던 일처럼 말했군요. 하지만 앞으로 일어날 일로 바꿔도 좋았을 것입니다. 그것은 그다지 큰 차이가 없습니다."

우리들에게 이 이야기는 과거의 것이 아니라 현재의 것인지도 모른다.

모모의 이야기가 시작되고 끝나는 장소는 몇천 년 동안 인간의 역사를 조용히 지켜본 고대 원형극장의 폐허이다. 극장이란 인간의 삶의 근원적인 모습을 연극이라는 가공架空의 사건을 통해 보여주는 곳으로, 우리는 거기서 보여주는 인간의 또 다른 현실과 더불어 살고 같이 느끼며 함께 생각한다. 아마도 지은이는 이 이야기와 독자 사이에 연극과 관객의 관계를 기대하고 있는 것이 아닐까.

지은이 미하엘 엔데Michael Ende는 독일의 아동문학가이다. 그는 1929년에 남부 독일의 가르미슈 파르텐키르헨에서 초현실주의超現實主義 화가 에드거 엔데의 아들로 태어났다. 그는 뮌헨의 연극학교를 졸업하고 한동안 배우로 활약했다. 그 후 어린이를 위한 책을 쓰기로 결심하고 1960년에 쓴 처녀작인 〈짐 크노프와 기관사 루카스Jim Knopf und Lukas der Lokomotivführer〉로 일찍이 독일청소년문고상을 받고, 독일뿐만 아니라 세계 각국에 널리 알려지게 되었다.

1964년에는 유명한 여배우 잉게보르크 호프만과 결혼했고 1971년부터는 로마 근교에 살면서 어린이를 위한 책을 쓰는 일에 전념했는데, 그중 1974년에 발표한 것이 바로 《모모Momo》이다. 엔데는 이 작품으로 1974년에 또다시 독일청소년문고상을 받았다.

이 작품에는 탐정소설 같은 전율과 공상과학소설과 같은 환상 그리고 시대에 대한 날카로운 풍자가 넘쳐 흐르고 있다. 그리고 전편을 통해 낭만주의적인 순수한 시적 환상의 세계, 깊이 있고 폭넓은 인생의 진실을 알려주는 동화의 세계가 완전히 무르녹아 있다. 그리고 어른뿐만 아니라 어린이들에게도 관계가 있는 현대사회의 커다란 문제를 들추어내어 그 병의 뿌리를 매섭게 비판하면서, 그것을 이처럼 즐겁고 아름답고 환상적인 동화의 형식(지은이 엔데는 이것을 동화적 소설이라고 이름붙이고 있음)으로 표현해 내는 데 성공한 점에서 이 책의 획기적인 가치를 찾을 수 있다.

한편 이 책의 표지 그림과 삽화도 이야기 줄거리 못지않게 우리들에게 많은 것을 암시해 주고 있다.

이 귀한 책 《모모》가 빛을 보도록 해주신 여러분들의 노고에 감사드린다.

옮긴이

모 모 (상)

시간도둑과 도둑맞은 시간을 인간에게 되찾아주는
꼬마의 불가사의한 이야기

어둠 속에서 반짝이는 너의 빛.
어디서 오는 건지 나는 모르네.
가까이 있는 듯, 아득히 먼 듯.
네 이름이 무엇지 나는 모르네.
언제나 그곳에서 반짝이건만 :
꺼질 듯, 꺼질 듯, 안타까운 별이여!

— 옛 아일랜드 동요에서

모모와 친구들 1

어느 대도시와 꼬마 소녀

옛날 옛적에 인간들이 지금과는 아주 다른 말을 쓰던 무렵에도 따스한 여러 나라에는 이미 훌륭한 대도시가 만들어져 있었다. 거기에는 왕이나 황제의 궁전이 우뚝 솟아 있고 널따란 큰 거리와 좁은 샛길이며 너저분한 골목길이 있고, 황금과 대리석으로 된 신들의 조상彫像이 늘어서 있는 웅장하고 아름다운 사원寺院이 서 있었으며, 온 세계의 물품들이 거래되는 번듯한 장이 서서 사람들이 구름처럼 모여들어 떠들석하게 얘기하거나 연설을 하고 그것에 귀기울이는 아름다운 광장이 있었다. 특히 그러한 곳에는 커다란 극장이 자리잡고 있었다.

극장 모양은 지금의 야외공연장과 비슷했다. 다만 어디서부터 어디까지 돌을 사용했는가 하는 점이 다를 뿐이다. 관람석은 절구 모양으로 위로 갈수록 넓어진 층층의 돌계단으로 되어 있었다. 건물 전체를 위에서 내려다보면 아주 둥근 것도 있고 타

원형이나 반원형의 것도 있었다. 이러한 극장은 '원형극장'이라 불렸다.

이와 같은 극장은 축구경기장 정도로 큰 것도 있었고 겨우 수백 명의 관객밖에 들어갈 수 없는 작은 것도 있었다. 둥근 기둥과 석상石像이 있는 웅장한 것이 있는가 하면 아무런 장식도 없는 소박한 것도 있었다. 그곳 원형극장에는 지붕 없이 푸른 하늘 아래에서 연극을 했었다. 그러므로 화려한 극장은 관객의 머리 위에 금실을 섞어 짠 막을 쳐서 내리쬐는 햇빛을 가리거나 소나기가 와도 안심하고 구경할 수 있게 만들어졌다. 허술한 극장에서는 갈대와 짚으로 만든 돗자리가 그런 역할을 했다.

이처럼 극장은 여러 종류가 있어서 누구나 자신의 호주머니 형편에 알맞은 곳에 들어갈 수 있도록 되어 있었다. 하지만 모든 사람의 소망은 단 하나뿐이었다. 그들은 모두 연극을 너무나 좋아해서 안 보고는 참을 수 없을 지경이었다. 그리고 무대 위에서 연출되는 슬픈 일이나 우스꽝스런 사건에 귀기울이고 있으면, 이상하게도 단지 연극에 지나지 않는 무대 위의 인생이 마치 자신들의 하루하루보다도 더 진실에 가까운 것같이 여겨졌다. 사람들은 모두 이 또 하나의 현실에 귀기울이는 일을 그 무엇보다도 사랑했다.

이런 식으로 여러 천 년의 세월이 흘러갔다. 그리하여 당시의 도시는 멸망하고 사원과 궁전은 허물어져 버렸다. 바람과 비, 추위와 햇빛에 돌은 깎여 구멍이 나고 큰 극장도 폐허가 되어버렸다. 지금은 실금투성이인 돌벽 안에서 들을 수 있는 것이라고는 매미의 단조로운 노랫소리뿐이다. 그 소리는 잠깐 잠이든 대지大地의 숨소리 같았다.

하지만 이 옛날의 큰 도시 중 몇 개는 아직도 여전히 대도시로 살아남아 있다. 물론 그곳 생활은 완전히 변하여 사람들은 자동차와 전차를 타고 돌아다니고 전화와 전등을 사용하게 되었다. 하지만 새로 선 빌딩 사이의 이곳저곳에는 옛 건물의 둥근 기둥과 문 그리고 벽의 일부가 남아 있고 원형극장도 그 당시의 모습을 지니고 있었다.

그런 도시 중의 하나에서 일어난 일이 이제부터 써 나갈 모모의 이야기다.

큰 도시의 남쪽 끝, 시가지가 끝나고 들판과 밭이 시작되고 집들의 모습이 점점 쓸쓸하게 느껴지는 곳에, 소나무숲에 숨어 있기라도 한 것처럼 폐허가 된 조그마한 원형극장이 자리잡고 있었다. 그 옛날에 이 원형극장은 결코 훌륭한 축에 들지 못한, 가난한 사람들을 위한 극장이었다. 지금은, 즉 모모의 얘기가 시작될 그 무렵에는 이 폐허는 사람들의 기억에서 거의 사라져 버렸다. 겨우 몇 사람의 고고학考古學 교수들이 알고 있었으나, 특별히 연구대상이 될 만한 것이 없었으므로 아무도 관심을 갖지 않고 그냥 내버려두고 있었다.

관광지로서도 시내의 원형극장과는 비교가 되지 않았다. 그러므로 가끔 관광객이 찾아와서도 잡초가 우거진 관객석을 거닐며 잡담을 나누다가 기념사진이나 한 장 찍고는 되돌아가 버리는 형편이었다. 그러면 폐허는 다시금 고요해지고 매미들이 장단을 맞추어 그전과 다름없이 끝없이 노래를 부르기 시작하는 것이었다.

사실상 이 진기한 돌로 된 건물에 대해 잘 알고 있었던 것은 근처에 살고 있는 사람들뿐이었다. 그들은 이곳으로 양을 몰고 와서 풀을 뜯게 했다. 아이들은 한가운데의 평평한 땅을 공놀이 터로 사용하였다. 밤이 되면 연인들이 이곳에 와 만남을 갖는 일도 가끔 있었다.

그런데 어느 날 이 폐허에 누군가가 살고 있다는 이야기가 사람들의 입에서 입으로 전해졌다. 그것은 어린아이인데 아무래도 여자아이 같으며 특이한 모습을 한 아이로, 확실하게 설명할 수는 없으나 이름은 모모라고 한다는 그러한 이야기였다.

모모의 모습은 분명히 약간 이상야릇하여, 깨끗함과 예절을 소중히 여기는 사람이라면 이맛살을 찌푸릴 정도였다. 그녀는 키가 작고 꽤 야위었는데, 나이는 여덟 살 아니면 열두 살 정도쯤 될까? 전혀 짐작이 가지 않았다. 태어나서 한 번도 빗질을 하거나 가위질을 한 적이 없는 것처럼 마구 헝클어진 새까만 고수머리에 눈은 크고 아주 예뻤는데 역시 새까맸다. 발도 똑같은 색깔이었다. 언제나 맨발로 걸어다녔기 때문이다. 겨울에는 신을 신기도 하지만 그것도 한쪽뿐이었으며 너무나 커서 헐렁헐렁했다. 모모가 가진 거라고는 모두가 줍거나 남들로부터 얻은 것이었기 때문이다.

스커트는 가지각색의 너덜너덜한 천조각을 맞추어 지은 것인데 발뒤꿈치까지 닿을 정도로 길었다. 더욱이 스커트 위에는 낡아빠진 헐렁헐렁한 남자용 저고리를 입고는 소매를 접어올리고 있었다. 너무 긴 부분을 잘라내는 일은 하지 않았다. 앞으로 몸이 자랄 것이기 때문이었다. 더욱이 이렇게 많은 호주머니가 달린 멋지고 실용적인 웃옷이 언제 다시 손에 들어올는지 누가 알겠는가!

풀이 자란 원형극장의 무대 아래에는 반쯤 허물어진 작은 방이 몇 개 있어서 바깥 벽의 구멍을 통해 기어들어갈 수 있었다. 모모는 그곳을 자기의 보금자리로 삼은 것이다.

어느 날 오후에 근처에 사는 사람 몇 명이 와서 모모에게서 이런저런 이야기를 알아내려고 하였다. 그녀는 그 사람들 앞에 버티고 서서 불안스럽게 상대방의 얼굴을 쳐다보고 있었다. 자기를 폐허에서 내쫓기 위해 사람들이 온 것이 아닌가 걱정되었기 때문이다. 그러나 곧 모두가 친절한 사람들임을 알게 되었다. 이 사람들도 역시 가난하여 생활의 쓰라림을 몸소 겪어서 잘 알고 있었던 것이다.

"그래, 여기가 마음에 들었단 말이지?"

한 남자가 물었다.

"예."

모모가 대답했다.

"그럼 여기 계속 있고 싶니?"

"그럼요."

"하지만 널 기다리고 있는 사람이 있을 게 아니냐?"

"없어요."

"내 말은 네가 다시 집으로 돌아가지 않아도 되느냐고?"

"여기가 제 집인걸요."

모모는 재빨리 대답했다.

"도대체 너는 어디서 왔니?"

모모는 손가락으로 막연히 먼 곳을 가리키는 듯한 시늉을 했다.

"네 부모님은 누구셔?"

모모는 상대방을 멍하니 바라보더니 당황한 듯이 마을 사람들 쪽으로 눈길을 돌리며 살짝 어깨를 으쓱했다. 마을 사람들은 서로 눈짓을 주고받으며 한숨을 내쉬었다.

"걱정 안 해도 돼. 우리는 널 쫓아내려는 게 아니야. 너를 도와주려고 찾아온 거야."

남자가 말했다.

모모는 말없이 고개를 끄덕였으나 여전히 경계심을 버리지 않는 눈치였다.

"이름이 모모라고 했지?"

"예."

"참 예쁜 이름이구나. 하지만 그런 이름은 처음 들어본단다.

누가 지어주었니?"

"제가 지었어요."

"네가 직접 네 이름을 지었다고?"

"예."

"그럼 넌 언제 태어났지?"

모모는 잠시 생각하더니 드디어 이렇게 대답했다.

"몰라요. 그전 일을 아무리 생각해 보아도 제가 태어난 이후 밖에 기억이 나지 않아요."

"그럼 넌 아줌마도, 아저씨도, 할머니도, 네가 돌아갈 수 있는 가족이 하나도 없단 말이니?"

모모는 말없이 상대방을 쳐다볼 뿐이었다. 그러더니 잠시 후에 나직한 소리로 중얼거렸다.

"여기가 제 집이에요."

"그래, 그렇지만 넌 아직 어린애잖니. 대체 몇 살이니?"

"백 살이에요."

모모는 머뭇거리며 대답했다.

사람들은 '와' 하고 웃었다. 모모가 장난으로 그렇게 대답한 줄로 여겼던 것이다.

"진짜로 묻고 있는 거야, 대체 몇 살이지?"

"백두 살요."

모모는 더욱더 자신없는 태도로 대답했다.

이렇게 좀더 이야기를 주고받은 후에야 비로소 사람들은 모모가 숫자를 조금밖에 알지 못한다는 것을 알아챘다. 누구한테도 숫자를 배운 적이 없고 단지 그 몇 개를 듣고서 외었을 뿐이었기 때문이다.

"자, 잘 들어봐."

먼저 남자가 이웃 사람들과 의논을 한 다음에 입을 열었다.

"네가 여기 있다는 걸 경찰에 신고하는 게 어떻겠니? 그러면 넌 보호소에 가게 될 거고, 거기서는 먹을 것과 잠자리도 얻게 되고 읽기와 쓰기와 셈하는 것과 그 밖에 많은 것을 배울 수 있을 텐데. 그럼 어떨까?"

모모는 깜짝 놀란 듯이 상대방을 바라보았다.

"싫어요."

그러더니 그녀가 덧붙였다.

"그런 덴 가기 싫어요. 전에 거기에 있었던 적이 있어요. 다른 애들도 있었어요. 창에는 창살이 있고요. 매일 얻어맞아요. 나쁜 짓도 하지 않았는데 말이에요. 그래서 저는 밤중에 담을 넘어 도망쳐 나왔어요. 다시는 그런 곳에 가고 싶지 않아요."

"그렇겠지, 알겠다."

한 노인이 고개를 끄덕이며 말했다. 다른 사람들도 역시 알겠다는 듯이 고개를 끄덕였다.

"그건 이해하지만 넌 아직 어리잖니. 누군가가 보살펴주어야 하지 않겠니?"

어떤 부인이 말했다.

"저 혼자 할 수 있어요."

모모는 이제서야 안심이 되는 듯 대답했다.

"정말이니?"

모모는 잠시 말이 없더니 나직한 소리로 대답했다.

"저는 별로 필요한 게 없어요."

마을 사람들은 다시금 서로 쳐다보고서 한숨을 쉬고는 고개를 흔들었다.

"얘, 모모야."

맨 처음 입을 열었던 남자가 말했다.

"네가 우리들 중 어느 누구네 집에 같이 살면 어떨까 싶은데. 하기야 우리들 집은 어디나 비좁고 대개는 먹여 살려야 할 애들이 올망졸망 있지. 그래도 우리 생각엔 한 아이쯤 더 있는 건 별 문제 없을 것 같구나. 그렇게 하면 어떻겠니, 응?"

"고마워요. 정말 고마워요. 하지만 저를 그냥 여기서 살게 내버려두실 수 없을까요?"

모모는 그제야 처음으로 미소를 지으면서 말했다.

마을 사람들은 한참 서로 얘기를 주고받더니 결국 그렇게 하기로 의견을 모았다. 결국 모모는 이곳에서도 그들 중 누군가의 집에 가 있는 것 못지않게 편히 지낼 수 있으리라는 생각이었던 것이다. 그 대신 그들 모두가 힘을 합해 모모를 보살펴주기로 했다. 그렇게 하는 것이 어느 한 사람이 보살피는 것보다 한결 쉬우리라 여겨졌던 것이다.

그들은 당장 모모가 살고 있는 반쯤 허물어진 방을 정리하고 할 수 있는 데까지 수리를 하기 시작했다. 마을 사람 중의 한 사람인 미장이 아저씨는 작은 아궁이를 만들고는 녹슬었지만 연

통까지 달아주었다. 어느 목수 할아버지
는 낡은 나무상자의 판자로 작은 책상
하나와 의자 두 개를 만들어주었다. 그
리고 마지막으로 부인들은 낡았지만 꽃
무늬로 장식된 침대와 약간 해진 침대보
와 담요 두 장을 가져왔다.

이렇게 해서 폐허가 된 원형극장 무대 밑의 바위구멍 안에
작지만 아늑한 방이 마련되었다. 예술적 재치가 있는 미장이 아
저씨는 마지막 손질로 벽에 멋진 꽃 그림을 그리고 액자와 못까
지도 그렸다.

그러자 이번에는 여러 아이들이 남은 음식을 들고 몰려왔다.
어떤 아이는 치즈 한 조각, 어떤 아이는 빵 한 조각, 또 한 아이
는 과일을 조금 가지고 왔다. 아이들이 아주 많이 와서 먹을 것
이 순식간에 산더미처럼 쌓였다. 이날 밤에 사람들은 모두 함께
원형극장에 모여 모모의 이사를 축하하는 잔치를 벌일 수 있었
다. 그 잔치는 오직 가난한 사람들만이 그 방법을 알고 있는 즐
겁게 마음을 나누는 그런 것이었다.

이리하여 꼬마 모모와 이웃 마을 사람들 사이의 우정이 시작
된 것이다.

비범한 재간과 평범한 싸움

그 이후부터 꼬마 모모의 생활은 아주 형편이 좋아졌다. 어쨌든 모모가 생각하기엔 그랬다. 마을 사람들의 부엌 사정에 따라 어떤 때에는 먹을 것이 너무 많았고 어떤 때에는 모자라기도 했지만, 이젠 먹을 것이 하나도 없는 때는 하루도 없었다. 비와 이슬을 막아주는 지붕이 있고 침대도 있으며 추우면 불을 지필 수도 있었다. 그리고 무엇보다도 좋았던 것은, 모모에게는 참으로 좋은 친구들이 많았던 일이다.

이렇게 되고 보니 모모는 아주 운이 좋은 아이라서 그토록 친절한 사람들 틈에 끼어들었다고 생각할 수 있을 것이다. 모모 자신도 진심으로 그렇게 생각하고 있었다.

하지만 마을 사람들 쪽에서도 이 아이가 온 것이 참으로 큰 행운이었다는 것을 점차 깨닫게 되었다. 그들은 모모가 무척 필요하게 된 것이다. 여태껏 모모 없이 어떻게 살아왔나 싶을 정도였다. 시간이 흐름에 따라서 이 꼬마 여자아이가 그들에게는 없어서는 안 될 존재로 느껴지고, 이 아이가 언젠가 다시 사라져 버리지나 않을까 싶어 걱정될 정도였던 것이다.

이렇게 하여 모모에게는 많은 사람들이 찾아왔다. 거의 언제나 모모 곁에는 누군가가 앉아 무언가 열심히 얘기를 하고 있었다. 모모를 필요로 하지만 찾아올 수 없는 사람들은 모모가 자기네 집으로 와주도록 사람을 보냈다. 그리고 모모의 필요성을 아직 알지 못하는 사람이 있으면 사람들은 그에게 이렇게 말해주는 것이었다.

"아무튼 모모에게 가보게!"

이 말은 점점 마을 사람들 사이에 으레 쓰는 말이 되어버렸다.

"안녕히 계십시오!", "맛있게 먹었습니다!" 또는 "저런, 큰일 났는데!"라는 말을 일상적으로 쓰는 것처럼 사람들은 어떤 일이 생기면 "아무튼 모모한테 가보게!"라고 말하곤 했다.

그렇다면 과연 그 이유는 무엇이었을까? 모모가 기막히게 머리가 좋아서 어떤 상담에도 일일이 훌륭한 생각을 가르쳐 줄 수 있었기 때문일까? 위로를 받고자 하는 사람에게 마음에 쏙 스며드는 말을 해주었기 때문일까? 아니면 어떤 일에 대해서도 현명하고 올바른 판단을 내려줄 수 있어서였을까?

아니다. 모모는 이러한 일에 대해서는 다른 꼬마와 같은 정도밖에 할 수가 없었다.

그렇다면 혹시 모모에겐 사람들의 마음을 즐겁게 해줄 수 있는 어떤 재간이 있었던 것일까? 이를테면 특별히 노래를 잘 부른다든지 악기를 잘 다룰 줄 안다든지, 아니면—하기야 모모는 지금 야외공연장 같은 원형극장에 살고 있으니까—춤을 잘 춘다든지 곡예를 할 수 있었던 것일까?

아니, 그것도 아니었다.

혹시 모모는 마술을 부릴 수 있었던 것일까? 무슨 신비스러운 주문呪文을 알고 있어서 그것으로 온갖 근심과 어려움을 몰아낼 수 있었던 것일까? 손금을 본다든지 앞날을 점칠 수 있었던 것일까?

그것도 아니었다.

꼬마 모모가 할 수 있었던 것은 특별한 일이 아니었다. 그것은 다만 상대방의 이야기를 듣는 일이었다. 사람들은 그 정도는 특별한 재간이 아니라고 말하는지도 모른다, 그따위 귀기울여 듣는 것쯤 누구나 할 수 있는 일이라고.

하지만 그것은 잘못된 생각이다. 진정으로 귀기울여 들을 수 있는 사람은 그야말로 극히 드물다. 그리고 모모의 귀기울임의 경지境地야말로 세상에서 한 번도 본 적 없는 재능이었다.

모모와 얘기하면 어리석은 사람조차 아주 현명한 생각을 하게 할 정도로, 그녀는 사려 깊게 귀기울여 들을 줄 아는 아이였다. 모모가 그와 같은 생각을 깨우칠 만한 말을 하거나 질문을 해서가 아니다. 그녀는 다만 조용히 옆에 앉아 주의 깊게 귀기울여 듣기만 할 뿐이다, 그 크고 검은 눈으로 상대방을 똑바로 바라보면서.

그러면 상대방은 자기 안에 감추어져 있었다고는 도저히 생각할 수 없는 지혜로운 생각이 반짝이며 자기 안으로부터 샘솟 듯 솟아오르는 것을 느끼게 되는 것이다.

모모에게 얘기를 들려주고 있으면, 어떻게 해야 좋을지 망설 이고 있던 사람도 문득 자신의 의지가 확고해짐을 느낀다. 또 소극적인 사람은 어느새 마음이 확 열리고 용기가 솟아나게 된 다. 불행한 사람이나 고민이 있는 사람에게는 자신도 모르게 희 망과 밝음이 마음에 들어와 자리를 잡았다.

예를 들면 이러한 사람이 있었다고 하자. 내 인생은 실패했 고 무의미하며, 나는 몇천만의 인간 중에서 가장 보잘것없는 존 재며, 죽어 없어진다 해도 구멍난 냄비처럼 곧 다른 그릇이 내 자리를 대신할 것이며, 살아 있건 죽어버리건 마찬가지다. 이렇 게 느끼는 사람이 모모에게 가서 그 생각을 털어놓다 보면 그는 이야기중에 어느새 신비스럽게도 자기가 근본적으로 잘못된 생 각을 하고 있음을 깨닫게 되어, 이 세상 모든 인간들 중에서 나 라는 존재는 하나밖에 없으므로 이 세상에서 가장 소중한 존재 라는 것을 깨닫게 되는 것이다.

이렇게 모모는 남의 얘기에 귀기울일 줄 알았다!

어느 날 두 남자가 원형극장으로 모모를 찾아왔다. 이 두 사 람은 이웃사촌인데 죽자사자 한바탕 싸우고는 서로 말도 하려 들지 않았다. 그러자 다른 이웃 사람들이 이 두 사람에게 아무 튼 모모한테 가보라고 권했던 것이다. 이웃끼리 원수가 되어 지 낸다는 것은 있을 수 없는 일이기 때문이었다. 두 남자는 처음에는 싫다고 우기더니 결국 마지못해 그 의견을 받아들인 것이었다.

이렇게 해서 그들은 이제 원형극장의 각기 반대편 돌계단에 앉아 원수처럼 으르렁거리며 침울하게 멍하니 앞만 노려보고 있었다.

그중 한 사람은 모모의 방에 아궁이를 만들고 벽에 예쁜 꽃을 그려주었던 바로 그 미장이 아저씨였다. 그의 이름은 니콜라였는데 끝을 말아올린 새까만 수염을 기르고 있었다. 다른 한 사람은 니노라는 사람으로, 바싹 마르고 언제나 약간 피곤한 모습을 하고 있었다. 니노는 도시 변두리에서 조그만 술집을 운영하고 있었다. 하긴 술집이라 해봤자 대개 저녁 내내 포도주 한 잔을 시켜 놓고 지난날의 무용담이나 늘어놓는 몇몇 노인 손님이 고작이었다. 니노와 그의 뚱뚱보 마누라 역시 모모의 친구였으며 이제까지 여러 차례 모모에게 맛있는 음식을 가져다 주었다.

두 사람이 떨어져 앉아서 서로 노려보고 있는 것을 보고, 모모는 누구에게 먼저 가야 할지 알 수가 없었다. 두 사람 중 어느 쪽에도 상처를 주지 않으려 모모는 두 사람으로부터 같은 거리에 있는 돌덩이 무대의 가장자리에 걸터앉아 두 사람을 번갈아 보았다. 그러고는 무슨 일이 벌어질까 생각하며 기다리고만 있었다. 어떤 일이건 시간을 필요로 한다. 그런데 시간이야말로 모모가 풍족하게 지니고 있는 유일한 재산이었던 것이다.

두 남자는 한참 그렇게 앉아 있었다. 그러다 니콜라가 별안간 벌떡 일어서며 말했다.

"나는 돌아가겠어. 어쨌든 내가 여기까지 와준 것만으로도 내 마음을 알 수 있을 것이다. 하지만 모모, 너도 보다시피 저 작자는 아주 고집이 세. 내가 더 이상 기다릴 필요는 없겠지?"

니콜라는 정말 돌아가려고 등을 돌렸다.

"좋아, 어서 꺼져 버리라고! 사실 너 같은 놈은 여기 올 필요도 없었어. 어쨌거나 나는 나쁜 짓을 한 놈과는 화해하고 싶지 않아!"

니노가 니콜라의 등뒤에 대고 소리쳤다.

그 말을 들은 니콜라는 홱 몸을 돌렸다. 그의 얼굴은 화가 나서 붉으락푸르락했다.

"대체 누가 나쁜 짓을 했다는 거냐, 응? 다시 한 번 말해 보라구!"

니콜라는 소리치면서 다시 돌아왔다.

"왜 하라면 못 할까봐! 네 놈이 억세고 주먹깨나 쓴다고 네 앞에서 바른말 하는 사람이 없을 줄 아는가 본데. 하지만 나는 네 앞에서건 누구 앞에서건 할 말은 한다! 자, 이리 와서 내 목을 졸라봐. 요전처럼 다시 한 번 해보시지 그래?"

니노가 소리쳤다.

"어이가 없군. 내가 진짜 죽이려 했다면 널 살려뒀겠어? 모모, 저 작자가 거짓말을 하고 있는 걸 알았겠지! 나는 그저 저 작자의 목덜미를 잡아끌어 자기 술집 뒤 물통 속에 처박았을 뿐이야. 그따위 물통에는 쥐새끼도 빠져 죽지 않아."

니콜라가 주먹을 쥐고 흔들며 말하고는, 니노를 향해서 덧붙였다.

"유감스럽게도 자네는 아직도 멀쩡하게 살아 있군그래!"

한동안 거친 욕설이 오갔다. 하지만 모모로서는 도대체 무엇 때문에 두 사람이 그토록 서로 티격태격하고 있는지 그 영문을 알 수가 없었다. 그러나 니콜라가 니노를 물통에 집어넣은 이유가 니노가 손님들 앞에서 니콜라의 따귀를 때렸기 때문임이 밝혀졌고, 따귀를 때린 이유는 니콜라가 니노 가게의 그릇을 몽땅 부숴 버리려고 한 것임이 밝혀졌다.

"그건 순전히 거짓말이야! 나는 유리잔 한 개를 벽에 던졌을 뿐이야. 그것도 원래 금이 가 있던 거였고."

니콜라가 격분하여 항의했다.

"하지만 그건 내 물건이야. 알겠어? 그런 짓을 할 권리가 자네에겐 없단 말야!"

니노가 대꾸했다.

그런데 니콜라의 주장에 따르면, 그것은 정당한 보복이며 니노가 미장이로서의 니콜라의 명예를 훼손했기 때문에 그랬다는 것이다.

"저놈이 나더러 뭐라고 했는지 아니? 나더러 글쎄 대낮부터 취해 있기 때문에 도저히 벽돌 하나도 제대로 쌓을 수 없을 거라는구나. 그리고 내 증조할아버지도 그랬을 거라나? 증조할아버지가 피사의 사탑을 쌓는 일을 거들었을지도 모른다는 거야!"

니콜라가 모모에게 하소연했다.

"바보 같으니, 니콜라, 그건 농담이었잖아!"

니노가 말했다.

"참 기가 막힌 농담이군! 그런 농담을 듣고 웃어넘길 수가 없네, 난!"

그런데 이 농담도 사실은 이전에 니콜라가 한 다른 농담에 대해 되갚아주려고 했음이 밝혀졌다. 어느 날 아침 니노의 집 대문 위에 새빨간 글씨로 이렇게 낙서가 되어 있었다는 것이다.

"아무것도 할 수 없는 자가 술집 주인이 된다."

니노로서는 도저히 이것을 농담으로 들어넘길 수가 없었던 것이다.

두 남자는 그 두 가지 농담 중 어느 것이 더 위트가 있는가를 놓고 다시 말다툼을 하기 시작했다. 그러다가 갑자기 두 사람 다 입을 다물었다.

모모가 눈을 크게 뜨고 말끄러미 그들을 쳐다보고 있었다. 니노와 니콜라는 그 눈길이 무엇을 뜻하는지 정확히 이해할 수가 없었다. 마음 속으로 우리들을 비웃고 있는 것일까? 아니면 슬퍼하고 있는 것일까? 모모의 얼굴에는 그 어떤 표정도 드러나지 않았다. 하지만 두 사람은 갑자기 자신의 모습을 거울에 비추어 본 듯한 느낌이 들어서 부끄러워지기 시작했다.

니콜라가 먼저 말했다.

"그랬구나. 아무래도 내가 그런 글을 자네 술집 문에 쓰지 말 걸 그랬나보군, 니노. 자네가 포도주 딱 한 잔 파는 걸 거절하지만 않았어도 난 그런 짓은 하지 않았을걸세. 장사가 물건을 안 파는 것은 상도에 어긋나지. 안 그래? 난 언제나 꼬박꼬박 술값을 지불했거든. 자네가 날 그렇게 대접하면 섭섭하지."

"섭섭해? 성聖 안토니우스 사건은 벌써 잊어버렸나? 그것 보게. 안색이 달라지는군! 그때 자네는 날 감쪽같이 속였었지. 그 일만큼은 용서할 수가 없어."

니노가 대꾸했다.

"내가 자네를 속였다고? 적반하장도 유분수지! 오히려 자네가 날 감쪽같이 속이려 들다가 뜻대로 안 된 거지!"

니콜라는 소리치며 어이없다는 듯이 자기 이마를 철썩 쳤다.

그 사건은 이러했다. 니노의 작은 술집에는 성 안토니우스를 그린 그림이 벽에 걸려 있었다. 그것은 예전에 니노가 잡지에서 잘라내어 액자에 끼워 넣은 그림이었다.

어느 날 니콜라는 이 그림을 칭찬하며 자신에게 넘겨달라고 말했다. 그러자 니노는 재치 있게 흥정을 해서, 마침내 니콜라로 하여금 자신의 라디오를 내놓게 만들었다. 니노는 속으로 쾌재를 불렀다. 사실 겉으로 보면 흥정은 니콜라가 상당한 손해를 보는 셈이었기 때문이다. 거래는 이루어졌다.

그런데 그림을 떼어보았더니 그림과 마분지 사이에 지폐가 한 장 꽂혀 있었다. 니노는 그 돈에 대해서는 전혀 모르고 있었으므로 이번에는 자기가 니콜라에게 당한 꼴이 되어 너무 화가 났다. 그래서 그 돈은 그림 흥정에 들어 있지 않았다는 이유로 니콜라에게 그것을 되돌려 줄 것을 요구했다. 니콜라는 이를 거절했으므로 이로 인해서 니노는 니콜라에게 다시는 술을 팔지 않겠다고 선언했던 것이다. 이것이 싸움의 발단이었다.

이렇게 두 사람은 사건의 발단까지 거슬러올라간 다음 잠시 서로 말이 없었다.

잠시 후 니노가 물었다.

"그럼 이렇게 되었으니 정말 솔직히 말해 보게. 니콜라, 자넨 흥정하기 전에 돈이 있었다는 걸 알고 있었지?"

"물론이지. 그러지 않고서야 그런 멍청한 거래를 누가 하겠나."

"그렇다면 자네가 날 속였다는 점을 시인하게!"

"뭣 때문에? 그럼 자네는 돈이 있었다는 걸 정말 몰랐단 말인가?"

"몰랐지, 맹세코!"

"그런가! 그러면 역시 자네도 날 속이려 했어. 안 그렇다면 그따위 한푼어치 값도 안 되는 종이 조각 하나로 어떻게 내 라디오를 차지할 생각을 할 수 있었단 말인가, 응?"

"그럼 어떻게 자네는 돈이 있었다는 걸 알았나?"

"이틀 전날 밤에 어떤 손님이 성 안토니우스에게 바치는 헌금으로 거기에 돈을 꽂는 걸 보았지."

니노는 입술을 깨물었다.

"상당한 금액이었나?"

"내 라디오 값보다 많지도 적지도 않은 금액이었지."

니콜라가 대답했다.

"그렇다면 우리들 싸움의 원인은 고작 잡지에서 오려낸 성 안토니우스 때문일세그려."

니노는 생각에 잠기며 말했다.

니콜라는 머리를 긁적거리면서 나직이 중얼거렸다.

"그랬군. 그 그림이라면 돌려주겠네, 니노."

"아닐세. 천만에! 흥정은 이미 끝난걸세! 대장부가 한 입으로 두말 할 수 있나!"

니노는 점잖을 **빼면서** 대답했다.

그러더니 두 사람은 갑자기 웃음보를 터뜨렸다. 그리고 똑같이 돌계단을 내려와 풀이 자란 땅바닥 한복판에서 서로 얼싸안고 상대방의 등을 두드렸다. 그리고 나서 둘은 모모한테 다가가서 그녀를 팔로 감싸며 말했다.

"고맙다!"

잠시 후 그들이 떠나갈 때 모모는 그들의 뒷모습을 향해 오랫동안 손을 흔들며 전송을 했다. 모모는 두 친구가 다시 정다워진 것이 무척이나 기뻤다.

또 이런 일도 있었다. 한 어린 소년이 노래를 하려 들지 않는 카나리아를 데리고 모모를 찾아왔다. 이번 일은 모모에게는 지금까지의 어떤 일보다도 훨씬 힘든 문제였다. 카나리아가 마침내 즐겁게 지저귀며 노래하

기까지 모모는 꼬박 일주일 동안 귀를 기울이고 있어야만 했다.

모모는 개와 고양이, 귀뚜라미와 두꺼비에게까지도, 아니 심지어는 빗소리와 나뭇가지를 간지럽히는 바람소리에도 귀를 기울였다. 그러노라면 그 모든 것은 저마다의 말로 모모에게 말을 걸어오는 것이었다.

숱한 밤, 친구들이 집으로 돌아가 버리고 나면 모모는 홀로 오랫동안 낡은 원형극장의 큰 돌의자 한가운데 앉아 있기도 했다. 머리 위는 별이 수놓아진 둥근 천장이었다. 모모는 오로지 거대한 고요함에 귀를 기울이고 있는 것이다.

이렇게 앉아 있으면 마치 자기가 별세계를 향해 귀기울이고 있는 거대한 귓바퀴의 한가운데 앉아 있는 듯한 느낌에 사로잡혔다. 그리고 나지막하면서도 아주 장엄한 음악이, 마음 속 깊이 적시는 음악이 표현할 수 없을 정도로 멋지게 들려오는 듯이 느껴졌다.

그러한 밤이면 모모는 유난히 아름다운 꿈을 꾸었다.

자아, 이래도 역시 남의 얘기를 귀기울여 듣는 일이 별로 대수로운 일이 아니라고 생각할 수 있을까? 그런 분은 정말 자기가 모모처럼 그 일을 잘할 수 있는지 한 번 직접 해보는 것도 좋을 것이다.

항해탐험과 진짜 소나기

두말 할 나위도 없는 일이지만, 상대방이 어른이건 아이이건 얘기를 듣는 모모의 태도는 언제나 똑같았다. 하지만 어린아이들이 원형극장 옛 터를 즐겨 찾아왔던 것에는 또 다른 이유가 있었다. 모모가 이곳에 살게 된 이후로 아이들은 전에 없이 재미있게 놀 수 있게 되었기 때문이다. 한마디로 지루할 틈이 한순간도 없었다.

그렇다고 모모가 무슨 특별한 놀이를 가르쳐 주어서가 아니다. 모모는 그저 거기에서 같이 어울려서 놀 뿐이었다. 그러다 보면—왜 그런지 누구도 알 수 없었지만—아이들의 머리에 멋진 생각이 저절로 떠오르는 것이었다. 날마다 아이들은 새로운 놀이를, 어제의 놀이보다도 훨씬 멋진 놀이를 생각해 냈다.

어느 무더운 날에 있었던 일이다. 열 명인가 열한 명의 아이들이 돌계단에 앉아서 모모가 돌아오기를 기다리고 있었다. 모모는 곧잘 그러듯 오늘도 근처를 돌아다니러 잠깐 나가고 없었던 것이다. 하늘엔 먹구름이 두텁게 깔려 있었다. 아무래도 곧 소나기가 쏟아질 것만 같았다.

"난 집으로 갈까봐. 나는 천둥과 벼락이 무서워."

어린 여동생을 데리고 온 한 여자아이가 말했다.

"그럼 집에서는 천둥과 벼락이 안 무섭단 말이니?"

안경을 쓴 남자아이가 물었다.

"무섭기야 하지."

"그렇다면 여기 있어도 마찬가지 아닐까?"

여자아이는 어깨를 으쓱하고는 고개를 끄덕거렸다. 잠시 후 여자아이가 다시 말했다.

"하지만 모모가 영 돌아오지 않을 것 같아."

"그럼 어때. 우리끼리 어떤 놀이든 할 수도 있잖아. 모모가 없더라도 말이야."

약간 칠칠치 못한 사내아이가 참견했다.

"좋아, 그럼 무슨 놀이를 할까?"

"나도 몰라. 뭐든 하지 뭐."

"뭐든이라니. 누구 좋은 생각 없니?"

"있지. 이 극장을 커다란 배라고 치고 항해놀이를 하자꾸나. 아무도 가본 적이 없는 바다로 배를 몰아 모험을 하는 거야. 내가 선장이 되고 너는 일등항해사 그리고 너는 자연과학자, 말하자면 대학교수가 되는 거야. 이 항해는 과학탐험을 위한 항해이니까. 알겠니? 나머지는 모두 선원이 되는 거야."

높은 목소리를 가진 뚱뚱한 남자아이가 말했다.

"그럼 우리 여자들은?"

"여자 선원이지. 이 배는 미래의 배거든."

그것은 참으로 멋진 계획이었다! 그래서 모두가 신나게 놀이를 시작했다. 하지만 의견이 서로 엇갈려 항해놀이는 흐지부지 되어 버렸다. 얼마 안 있어 모두들 돌계단에 주저앉아 버렸다.

그때 드디어 모모가 돌아왔다.

높은 파도가 뱃머리를 때렸다. 탐험선 '아르고호號'는 넘실거리는 파도에 조용히 흔들거리면서 남쪽 산호바다를 향하여 순조롭게 전속력으로 달리고 있다. 역사상 이 위험한 해협에 감히 도전하고자 한 배는 한 척도 없었다. 왜냐하면 이 바다에는 곳곳에 암초와 산호초가 숨어 있고 정체를 알 수 없는 바다 괴물이 우글거리고 있기 때문이다.

그리고 특히 위험한 것은 '끝나지 않는 태풍'으로 불리는 회오리바람이 끊임없이 휘몰아치기 때문이다. 이 태풍은 쉼없이 이 해협에서 소용돌이치면서 마치 살아 있는 괴물처럼, 그야말로 교활한 마귀처럼 먹이를 약탈하려고 덤벼들고 있다. 태풍의 진로는 도저히 예측할 수가 없다. 그리고 일단 이 태풍의 거대한 소용돌이에 걸려들기만 하면 세상의 어떤 것도 도저히 빠져나올 수가 없고 결국 성냥개비처럼 산산조각나 버리는 것이다.

물론 탐험선 아르고호에는 이 '떠도는 회오리바람'을 만날

것에 대비하여 특수한 장비를 갖추고 있다. 선체는 얇은 펜싱 칼날처럼 휘어지기는 해도 부러지지 않는 푸른 알라몬트 철강으로 만들어졌다. 그리고 특수한 배 제조공법으로 만들어져, 이음새나 용접 없이 배 전체가 하나의 통철판으로 주조되었다.

하지만, 아무리 그렇다 해도 만약 다른 선장과 선원들이었다면 이 최고로 위험한 해역으로 배를 모는 용기를 내기 힘들었을 것이다. 그러나 고르돈 선장은 무척 용감한 사람이었다. 그는 위풍당당한 모습으로 선교船橋 갑판에 버티고 서서 남녀 선원을 내려다보고 있었다. 선원은 저마다 각 분야에서 내로라 하는 전문가들이다.

선장 옆에는 일등항해사인 돈 멜루가 서 있다. 그는 이제까지 이미 127번이나 폭풍우를 이겨낸 노련한 뱃사람이다.

저편 뒤쪽의 상갑판에는 이번 탐험 여행중 학술연구 책임 지휘를 맡은 아이젠슈타인 교수가 여조수 마우린과 사라와 같이 있는 것이 보인다. 이 두 사람의 여조수는 기억력이 뛰어나서, 이들만 있으면 지금까지의 모든 책과 자료를 모조리 배에 실은 셈이 된다. 세 사람은 정밀계량기 위로 몸을 구부리고서 자기네들만이 아는 어려운 학술 전문 용어로 조용히 얘기를 주고받고 있다.

그곳에서 약간 떨어진 곳에, 이 바다 근처에서 태어나서 자란 아름다운 아가씨 모모잔이 다리를 포개고 앉아 있다. 이따금 교수가 이 바다에 대해서 상세한 질문을 하면 모모잔은 아름다운 울림의 훌라어로 대답한다. 그 말을 알아듣는 사람은 이 교수뿐이다.

항해의 목적은, '떠도는 태풍'의 원인을 명확히 밝히고 가능하면 그 원인을 제거하여 다른 배들도 이 해역을 안심하고 항해할 수 있도록 하는 일이다. 하지만 아직은 사방이 고요하고 폭풍의 기미는 전혀 느낄 수 없다.

망루에 있던 남자 선원의 갑작스런 외침에 생각에 잠겨 있던 선장은 깜짝 놀랐다.

"선장님! 제가 본 것이 틀림없다면 저 앞에 유리로 된 섬이 보입니다!"

그는 손나팔을 통해 아래를 향하여 외쳤다.

선장과 돈 멜루는 즉시 망원경을 눈에 댔다. 아이젠슈타인 교수와 여조수들도 호기심에 끌려 이곳으로 다가왔다. 아름다운 바다 소녀만이 침착하게 그대로 앉아 있었다. 그녀가 속하는 부족의 고전적인 예의범절은 호기심을 드러내는 것을 금하고 있었기 때문이다.

곧 배는 유리섬에 닿았다. 교수는 줄사다리를 타고 그 투명한 땅에 내려섰다. 바닥이 굉장히 미끄러워서 아이젠슈타인 교수는 똑바로 서려고 애를 썼다.

섬 전체는 원형이었는데, 교수가 제일 높은 부분에 이르자 섬의 가장 안쪽 깊은 곳에서 빛이 일렁거리고 있는 것을 똑똑히 볼 수 있었다.

교수는, 난간에서 몸을 내밀고 기다리고 있는 다른 선원들에게 자기가 관찰한 광경을 알려주었다.

"그렇다면 그것은 아마 오겔뭄프 비스트로치날리스와 관계가 있을 거예요."

마우린 조수가 말했다.

"그럴지도 모르지요. 하지만 슐루쿨라 타페토치페라일지도 몰라요."

사라 조수가 말했다.

"내가 본 바로는 일반적인 슈트룸푸스 크비에치넨주스의 한 변종變種인 것 같은데, 바다밑에서부터 자세히 검토한 다음에야 확실한 것을 말할 수 있겠는걸."

아이젠슈타인 교수가 안경을 고쳐쓰며 말했다.

이 말을 듣고서 곧 세 명의 여자 선원들이 물로 뛰어들어 푸른 바다 속으로 사라졌다. 이 세 사람은 세계적으로 이름난 잠수 선수권 보유자인데, 벌써부터 잠수를 하려고 기다리고 있었다.

한동안 수면에는 물거품밖에 안 보이더니 잠시 후 소녀 산드라가 물속으로부터 불쑥 솟아오르더니 숨가쁘게 소리쳤다.

"이건 어마어마하게 큰 해파리예요! 다른 두 동료는 해파리의 촉수에 걸려들어 꼼짝달싹 못 하고 있어요. 무슨 일을 당하기 전에 어서 구해 줘야 해요!"

그러고 나서 산드라는 다시 물속으로 사라졌다.

즉시 백 명의 개구리부대가 '돌고래'라는 별명을 지닌 노련한 프랑코 대장에게 인솔되어 바다 속으로 뛰어들었다. 이어서 물속에서는 무시무시한 싸움이 붙었고, 수면은 온통 거품으로 뒤덮였다. 그렇지만 이 부대의 힘으로도 그 무서운 해파리의 촉

수로부터 두 소녀를 구출해 낼 수가 없었다. 이 거대한 해파리의 힘은 어마어마했던 것이다.

"아무래도 이 바다 속에는 모든 생명체를 거대하게 성장시키는 무엇인가가 있는 것 같아. 그것 참 흥미거리군!"

교수는 이마를 찡긋하며 자기 조수들에게 말했다.

그 사이에 선장 고르돈과 일등항해사 돈 멜루는 서로 얘기한 끝에 결정을 보았다.

"후퇴하라! 전원 배 위로 돌아오라! 이제부터 이 괴물을 두 조각으로 자르기로 한다. 그러지 않고서는 두 소녀를 구해 낼 방법이 없을 것 같다."

돈 멜루가 외쳤다.

돌고래 대장과 개구리부대는 배 위로 돌아왔다. 아르고호는 일단 약간 후진했다가는 전속력으로 거대한 해파리를 향해 돌진했다. 강철로 된 이 배의 뱃머리는 면도날처럼 날카로웠다. 소리 없이, 거의 진동도 느낄 수 없이 배는 괴물 해파리를 딱 두 동강내 버렸다. 물론 해파리의 촉수에 휘감겼던 두 소녀에게 위험이 미칠까 걱정되지 않은 것은 아니지만, 일등항해사 돈 멜루는 두 소녀의 위치를 정확히 측정하고 그 둘의 바로 한가운데를 향해서 배를 돌진시킨 것이다. 반쪽이 난 해파리의 촉수는 곧 힘을 잃고 축 늘어져 버렸고, 사로잡혔던 두 소녀는 거기서 빠져나올 수 있었다.

두 소녀는 사람들의 환호 속에 배 위로 올라왔다. 아이젠슈타인 교수가 두 소녀에게 다가가서 말했다.

"이건 내 책임이야. 너희들을 내려 보내지 말았어야 했는데. 미안하구나, 그런 위험 속으로 몰아넣다니!"

"천만에요, 교수님. 우리는 그런 일을 하려고 이 배에 탄걸요." 한 소녀가 유쾌하게 웃으면서 말했다.

또 한 소녀가 덧붙였다.

"우리들이 하는 일엔 언제나 위험이 따라 다녔잖아요."

하지만 더 긴 얘기를 주고받을 틈이 없었다. 선장과 선원들은 구조 작업에 골몰하느라 바다를 관찰하는 일을 완전히 잊고 있었다. 그때야 비로소 그들은 '떠도는 회오리바람'이 어느새 수평선 위에 모습을 드러내고 맹렬한 속도로 아르고호를 향해서 다가오고 있는 것을 알아챘던 것이다.

첫번째의 큰 파도가 몰려오자 강철로 된 배가 높이 떼밀려 올라가는가 싶더니 50미터나 되는 파도 속으로 메다꽂혔다. 아르고호의 노련하고 용기 있는 선원들이 아니었다면 이 첫번째 충격으로 이미 사람들 반은 파도에 휩쓸려 가고 나머지 반은 실신해 버렸을 것이다. 하지만 고르돈 선장은 아무 일도 없었던 것처럼 선교 갑판 위에 떡 버티고 서 있었으며 선원들도 침착하게 자리를 지키고 있었다. 다만 아름다운 바다 소녀 모모잔만은 이런 거친 항해에 익숙하지 못했으므로 구명 보트 속으로 기어들어가 있었다.

순식간에 하늘은 먹빛으로 변했다. 회오리바람은 으르렁거리며 덤벼들더니 배를 눈이 아찔해질 정도의 높이에서 지옥의 밑바닥으로 처넣었다. 게다가 폭풍은 강철선 아르고호를 손아귀에 넣지 못하는 게 화가 났는지 점점 더 거세지는 것만 같았다.

선장은 침착한 음성으로 명령을 내리고 일등항해사는 그것을 큰 소리로 모두에게 전했다. 전원은 각자의 자리를 지키고 있었다. 아이젠슈타인 교수와 조수들도 관측 기계에 붙어 서 있었다. 배를 '폭풍의 눈' 속으로 정확히 몰고 들어갈 필요가 있기 때문에 그 눈의 위치를 계산하고 있었던 것이다. 고르돈 선장은 자신이나 선원들처럼 바다에 익숙하지 못한 이 과학자가 이토록 냉철하게 대처하는 것에 대해 감탄했다.

첫번째 번개가 강철선에 정면으로 내리꽂혔다. 그러자 배에는 금세 온통 전기가 흐르게 되었다.

손을 가까이 대면 전기 불꽃이 튀었다. 하지만 이러한 사태에 대비하여 아르고호의 모든 선원은 몇 달 동안의 고된 훈련을 받았던 것이다. 이 정도의 일은 누구에게도 아무런 문제가 되지 않았다.

단지 밧줄과 손잡이 같은 배의 가느다란 부분이 전구의 필라멘트처럼 새빨갛게 달아오르기 시작했기 때문에, 모든 선원이 석면石綿 장갑을 끼어야 했으므로 일하는 데 무척 곤란을 겪게 되었다. 하지만 다행히도 비가 내려서 이 열기도 곧 차갑게 식어버렸다.

그런데 이 비는 일찍이 누구 한 사람—돈 멜루를 제외하고는—겪어본 적이 없는 엄청난 빗줄기여서 숨쉬기조차 곤란했다. 그래서 선원들은 잠수 마스크와 방독 마스크를 착용하지 않을 수 없었다.

끊임없이 이어지는 번개와 천둥! 거칠 대로 거칠어진 비바람! 산더미같이 높은 파도와 허옇게 뒤집어지는 물보라!

아르고호는 모든 기관을 완전히 가동시켜서 이 태풍의 어마어마한 위력에 맞서 싸우면서 조금씩조금씩 필사적인 전진을 계속했다. 배 밑의 기관실에서는 기관사와 화부가 초인적인 힘을 발휘하며 애를 쓰고 있었다. 사정없이 가로 세로로 흔들리는 배의 흔들림으로, 아가리를 벌리고 있는 보일러의 아궁이 쪽으로 휩쓸려 들어가지 않도록 그들은 두꺼운 밧줄로 몸을 묶은 채 일하고 있었다.

드디어 태풍의 눈에 도달했다. 그런데 거기서 모두 엄청난 광경을 보았다!

그곳은 엄청난 폭풍의 힘으로 파도가 다림질한 듯 거울처럼 매끈해져 있었고, 그 바다 위에서 엄청나게 거대한 괴물이 춤을 추고 있었다. 그 괴물은 한쪽 다리로 섰는데 위로 갈수록 점점 넓게 퍼져서 흡사 산더미만한 팽이 모양으로 보였다. 그것이 무서운 속도로 돌고 있었으므로 자세히 살펴볼 수가 없었다.

"슘 슘 굼미라스티쿰이군!"

교수는 기쁜 듯이 외치며, 쏟아지는 빗줄기 때문에 자꾸 코에서 흘러내리는 안경을 밀어올렸다.

"좀 자세히 설명해 주실 수 없을까요? 우리야 배운 게 없는 뱃사람들이니……."

돈 멜루가 굵고 탁한 음성으로 물었다.

"지금은 교수님께서 연구에 전념하시도록 해주세요. 두 번

다시 없는 기회예요. 이 팽이 모양의 생물은 지구가 태어난 태곳적부터 있어온 것인지도 모릅니다. 1억 년은 넘었음에 틀림없어요. 오늘날에는 다만 현미경으로나 볼 수 있는 지극히 작은 변종밖에 남아 있지 않아요. 간혹 토마토 소스나 아주 드물게는 초록색 잉크 속에서나 발견되지요. 이렇게 큰 것은 아마 현존하는 유일한 것일 겁니다."

여조수 사라가 그에게 말했다.

"하지만 우리가 여기에 온 것은 '떠도는 회오리바람'의 원인을 제거하기 위한 것이오. 저놈을 어떻게 해야 잠들게 할 수 있을지 교수님께서 말씀해 주셔야지요."

선장이 휘몰아치는 폭풍 속에서 외쳤다.

"그건 나 역시 모르겠소. 과학이 이놈의 정체를 밝힐 기회를 지금껏 갖지 못했거든요."

교수가 대답했다.

"하는 수 없지요. 그럼 우선 대포 한발을 쏘아보겠습니다. 그래서 어떤 일이 벌어지나 한번 보지요."

선장이 말했다.

"안타깝군요! 슘 슘 굼미라스티쿰은 유일한 것일 텐데, 쏘아버리다니!"

교수는 불만스러운 듯이 말했다.

하지만 이미 괴물을 조준한 대포는 팽이 같은 괴물을 향해 포문을 열고 있었다.

"발사!"

선장이 명령했다.

길이가 1킬로미터나 되는 푸른 불꽃이 두 개의 포신에서 발사되었다. 물론 소리는 전혀 나지 않았다. 이 포탄은 잘 알려진 바와 같이 단백질로 되어 있었기 때문이다.

긴 불꽃은 슘 슘을 향해서 날아갔으나 당장 그 거대한 회오리바람에 휘말려 방향이 바뀌더니 팽이 같은 괴물의 주변을 몇 바퀴 돌더니 점점 더 빨라지다가, 결국 공중 높이 튕겨져 올라 먹구름 속으로 사라져 버렸다.

"허탕쳤군! 아무래도 저놈 있는 데로 더 가까이 가야겠어!"

고르돈 선장이 외쳤다.

"더 이상 가까이 갈 수가 없습니다! 엔진은 이미 최대한으로 가동되고 있습니다. 폭풍에 맞서 뒤로 밀리는 것을 막는 것으로 만족해야 합니다."

돈 멜루가 큰 소리로 외쳤다.

"무슨 묘안이 없으십니까, 교수님?"

선장이 물었다.

하지만 아이젠슈타인 교수는 어깨를 으쓱해 보일 뿐이었고 그의 여자 조수들도 묘안을 찾지 못하고 있었다. 이래서는 탐험의 성과도 얻지 못하고 되돌아갈 수밖에 없을 것처럼 보였다. 이때 누군가 교수의 소매를 끌었다. 아름다운 바다 소녀였다.

"말룸바! 말룸바 오이지투 소노! 에르바이니 삼바 인살투 롤로빈드라. 크라무나 호이 베니 베니 사도가우."

소녀는 우아한 몸짓으로 말했다.

"바발루? 디디 마하 파이노시 인투 게도이넨 말룸바?"

교수는 놀란 얼굴로 물었다.

아름다운 소녀는 열심히 고개를 끄덕이며 대답했다.

"도도 움 아우푸 슐라마트 바바다."

"오이 오이."

교수는 이렇게 대답하고서 생각에 잠겨서 턱을 어루만지고 있었다.

"어떻게 하라고 합니까?"

일등항해사가 물었다.

"아가씨 얘기는, 자신의 부족에게는 태곳적부터 전해 오는 노래가 있는데, 그 노래를 회오리바람을 향해서 부를 용기 있는 사람이 있다면 '그 괴물'을 잠들게 할 수 있다는 겁니다."

"웃기지 마십시오! 태풍을 잠재우는 자장가라니요!"

돈 멜루가 굵고 탁한 음성으로 말했다.

"교수님은 어떻게 생각하세요? 그런 일이 있을 수 있을까요?"

조수 사라가 물었다.

"처음부터 선입견을 가져서는 안 돼. 원주민의 전설 속에는 진리가 담겨져 있는 경우가 아주 흔하지. 어쩌면 슘 슘 굼미라 스티쿰에 영향을 줄 수 있는 특정한 진동 음파가 있는지도 모르지. 어쨌든 우리는 거의 아는 바가 없으니 말이야."

"해봐서 해로울 거야 없겠지요, 교수님. 한번 그렇게 해봅시다. 그 아가씨에게 노래를 해달라고 말해 주십시오."

선장이 결단을 내렸다.

교수는 아름다운 바다 소녀를 향해서 말했다.

"말룸바 디디 오이사팔 후나 후나, 바바두?"

모모잔은 고개를 끄덕이고 즉시 아주 독특한 노래를 부르기 시작했다. 그것은 몇 개의 음을 반복하는 단조로운 노래였다.

에니 메니 알루베니
반다 타이 수수라 테니!

그녀는 노래와 함께 손뼉을 치며 껑충껑충 뛰고 돌았다.

가락과 가사는 무척 단순해서 곧 욀 수 있었다. 다른 사람들도 하나씩 둘씩 어울려 노래를 했고, 얼마 안 가서 배 안의 선원들이 모두 노래를 하며 손뼉을 치고 박자에 맞추어 춤을 추었다. 마침내 늙은 돈 멜루와 교수까지 놀이터의 어린애처럼 노래를 하며 손뼉치는 모습은 참으로 놀라운 광경이었다.

그러자 어느 누구도 믿지 않았던 일이 일어났다! 거대한 팽이는 점점 천천히 돌더니 마침내 우뚝 서서 바다로 가라앉기 시작하는 것이 아닌가. 그러자 바닷물이 엄청난 물보라를 일으키면서 팽이가 사라져 간 그 자리를 메웠다. 폭풍은 갑자기 딱 멈추고 비도 개었으며 하늘은 맑고 파래졌고 물결도 잔잔해졌다. 아르고호는 이제 거울처럼 매끄럽게 반짝이는 수면에 고요히 떠 있었다. 그곳에는 마치 아무 일도 없었던 것처럼 고요와 평화만이 흐르고 있었다.

고르돈 선장은 한 사람 한 사람을 바라보며 고마움을 표시했다.

"여러분! 드디어 성공했습니다!"

선장은 결코 말이 많은 사람이 아니었다. 모두가 그걸 알고 있었으므로 그 선장이 한마디 덧붙인 말에 무한한 감동을 받았다.

"나는 여러분을 자랑스럽게 생각합니다."

꼬마 동생을 데리고 온 소녀가 말했다.

"정말 비가 내린 것 같아. 어쨌든 난 흠뻑 젖었는걸."

놀고 있는 사이에 실제로 소나기가 내렸다. 꼬마 동생을 데리고 온 소녀는 강철선을 타고 있는 동안 천둥과 번개를 무서워하는 걸 까맣게 잊고 있었다는 것에 누구보다도 새삼스럽게 놀랐다.

어린이들은 한동안 방금 경험한 모험과 각자의 무용담으로 꽃을 피우다가, 집으로 돌아가 젖은 옷을 말리기 위해 각자 헤어졌다.

다만 한 소년만이 아까의 항해놀이의 결말에 불만을 품고 있었다. 안경을 쓴 남자아이였다. 그는 헤어질 때 모모에게 이렇게 말했다.

"아무튼 너무나 아쉽다. 슙 슙 굼미라스티쿰을 그냥 가라앉게 만든 건 참 유감이야. 이 지구상의 생물 중에서 유일한 것인데! 나는 정말 더 연구하고 싶었어."

하지만 한 가지 점에 관해서만은 그들 모두가 여전히 같은 생각이었다. 그 어느 곳에서도 모모와 함께 노는 것보다 즐겁게 놀 수는 없으리라는 것이었다.

과묵한 노인과 수다쟁이 청년

아무리 많은 친구가 있다 해도, 대개의 경우 그중에 특별히 가까운 친구는 드물고 몇 안 되는 법이다. 모모의 경우도 그랬다. 모모에겐 친한 친구가 둘이 있었는데, 그들은 매일처럼 모모를 찾아왔고 모든 것을 모모와 나누어 가졌다. 그중 한 친구는 청년이고 또 한 친구는 할아버지였다. 모모는 그 둘 중에서 누구를 더 좋아하는지 말할 수 없을 정도로 두 사람을 모두 사랑했다.

할아버지의 이름은 베포였고, 도로청소부였다. 물론 베포에게도 번듯한 성姓이 있었지만, 직업이 도로청소부였기에 모두 성 대신 그렇게 불렀기 때문에 베포 역시 자신을 '도로청소부 베포'라고 불렀다.

도로청소부 베포는 원형극장 근처의 작은 오두막에 살고 있었다. 그 집은 벽돌과 함석 조각 그리고 지붕용 판지板紙로 베포가 손수 지은 집이었다. 그는 원래 키가 작은데다가 항상 약간 꾸부정하게 걷기 때문에 지금은 모모와 거의 키가 같아 보였다. 짧은 흰 머리카락이 뻣뻣하게 난 그의 커다란 머리는 항상 약간 갸우뚱하게 기울어져 있었고 코 위에는 작은 안경이 걸쳐져 있었다.

많은 사람들이 도로청소부 베포는 정신이 온전치 못하다고 생각하고 있었는데, 그 이유는 무슨 질문을 받아도 그는 빙그레 웃을 뿐 대답을 하지 않았기 때문이다.

그는 질문에 대해서 곰곰 생각했다. 그리고 대답할 필요가 없다고 여겨지면 침묵을 지켰다. 하지만 대답이 필요하다고 생각하면 어떻게 대답해야 할지 오래오래 생각했다. 그리고 대개는 두 시간, 때로는 하루 종일 생각했다가 대답을 했다. 하지만 그때쯤에는 물론 상대방은 자신이 무슨 질문을 했는지조차 잊어버리기 일쑤였으니, 베포의 뒤늦은 대답에 머리를 갸웃거리며 이상한 노인이라고 생각해 버리는 것이었다.

하지만 모모만은 언제까지나 베포의 대답을 기다리고 있었으며 그가 말하는 것을 잘 이해할 수 있었다. 이렇게 시간이 오래 걸리는 것은 베포가 결코 틀린 말을 하지 않으려고 하기 때문이라는 것을 알고 있었기 때문이다. 그의 생각에 세상의 불행이란 모두 무턱대고 거짓말을 하는 데서 생기는 것인데, 그것도 고의적인 거짓말이나 때로는 성급하게 굴거나 올바르게 보지 않고서 무의식중에 하는 거짓말 때문이라는 것이다.

베포는 매일 아침 동이 트기도 전에, 낡아서 삑삑거리는 자전거를 타고 시내로 가 커다란 빌딩의 마당에서 그의 동료들과 만난다. 거기서 빗자루와 수레를 받아들고 어느 도로를 청소하라는 지시를 받는다.

베포는 도시가 아직도 잠들어 있는 이 동트기 전을 좋아한다. 그리고 자기가 맡은 일에 만족해하며 정성을 다해 일한다. 그는 그 일이 중요한 일이라는 것을 잘 알고 있었다.

그는 도로 청소를 천천히, 하지만 착실히 한다. 한 발짝 내디딜 때마다 한 번 숨을 쉬고, 한 번 숨을 쉬고서는 비질을 한다. 걸음 한 번—숨 한 번—비질 한 번, 걸음 한 번—숨 한 번—비질 한 번. 그러는 동안 그는 이따금 잠시 일손을 멈추고 앞을 바라보면서 생각에 잠기기도 한다. 그러고 나서 다시 앞으로 나아간다. 걸음 한 번—숨 한 번—비질 한 번…….

더럽혀진 거리를 눈앞에 두고 깨끗해진 거리를 뒤로 하면서 이렇게 앞으로 나아가는 동안에 아주 의미 있는 생각이 머리에 떠오르는 경우가 흔히 있다. 하지만, 그것은 되새겨 보면 희미하게 떠오르는 어떤 향기라든지 꿈속에서 본 빛깔처럼 남에게 설명할 수 없고 말로 표현할 수 없는 생각이었다.

베포는 일이 끝난 후 모모와 나란히 앉아 있을 때 이와 같은 깊은 생각을 얘기한다. 모모는 독특한 방식으로 귀를 기울여 주기 때문에 베포의 굳은 혀도 부드럽게 풀려 아주 적절한 단어를 찾아내게 된다.

이를테면 그는 이렇게 시작한다.

"모모야, 나는 아주 긴 도로를 맡을 때가 많단다. 그럴 때면 너무나 아득해서 도저히 해낼 수 없을 것 같은 생각이 드는 거야."

그는 잠시 입을 다문 채 물끄러미 앞을 보고 있다가 곧 말을 이어간다.

"그럴 때 서둘러 일을 시작하지. 점점 속도를 더해 가는 거야. 이따금 눈을 들어보지만 언제 보아도 나머지 도로가 조금도 줄어들지 않지. 그러므로 더욱더 기를 쓰게 되고 불안에 사로잡혀 버리는 거야. 그리고 마침내는 숨이 차서 더 이상 움직일 수 없게 되지. 이런 식으로 일을 해서는 안 돼."

여기서 그는 잠시 생각에 잠긴다. 그러고 나서 천천히 말을 계속한다.

"한꺼번에 도로 전부를 생각하면 안 돼. 알겠니? 오로지 다음 걸음 한 번, 다음 숨 한 번, 다음 비질 한 번만 생각해야 돼. 이렇게 끊임없이 바로 다음 일만을 생각하는 거야."

다시 쉬었다가 생각에 잠긴 후 베포가 말했다.

"그러면 기쁨을 누릴 수가 있어. 그게 중요한 거야. 즐거우면 일을 잘 해나갈 수가 있어. 그래야만 하는 거야."

그리고 다시금 한참 침묵을 지키다가 말을 잇는다.

"문득 정신을 차렸을 때에는 한 걸음 한 걸음이 모여서 그 아득한 도로가 전부 깨끗이 청소되어 있는 거야. 어떻게 해서 그렇게 말끔히 되었는지 나 자신도 깨닫지 못하지."

그는 혼자 고개를 끄덕이면서 이렇게 말을 맺는다.

"이 점이 중요한 거야."

또 한 번은 이랬다. 베포는 오자마자 모모 곁에 묵묵히 앉아 있었다. 어떤 중요한 것을 말하고 싶은 듯 깊은 생각에 잠겨 있는 것 같았다. 문득 그는 모모의 눈을 들여다보며 입을 열었다.

"우리가 예전의 누군지 알게 되었어."

이 말만 하고서 한참 쉬었다가 그는 나직한 소리로 말을 이었다.

"흔히 있는 일이지만—한낮의 무더위 속에 모든 것이 잠들어 있을 때 있었던 일이야—그때는 세계가 투명해져 보인단다, 강물처럼. 알겠니? 밑바닥까지 다 들여다볼 수가 있어."

그는 고개를 끄덕이면서 잠시 침묵을 지키고 있다가 곧 그전보다 더 낮은 소리로 말했다.

"그 밑바닥에는 다른 시대가 가라앉아 있어, 저 깊은 밑바닥에."

다시금 그는 한동안 생각에 잠겨서 적절한 단어를 찾는 듯했다. 하지만 적당한 표현이 쉽게 떠오르지 않는 듯 갑자기 보통 말투로 설명하기 시작했다.

"오늘 나는 옛 도시의 성벽 옆길을 청소했지. 그곳 벽에는 다른 빛깔을 한 돌이 다섯 개 끼어 있었어. 이봐, 이렇게 말이야."

이렇게 말하고서 그는 흙 위에 손가락으로 크게 T자형을 그려 보였다. 그리고 고개를 갸우뚱하고 한동안 그것을 물끄러미 바라보고 있다가 불쑥 속삭이듯 말했다.

"나는 그 돌을 알아보았지, 그 돌들을."

다시금 잠시 침묵한 다음 그는 더듬거리면서 말을 이었다.

"다른 시대가 있었던 거야. 그때의 일이지. 성의 외벽을 쌓을 무렵 말이야. 거기서 아주 많은 사람들이 성을 쌓고 있었지. 그런데 그들 중에는 이 다른 빛깔의 돌을 끼워 넣어 벽을 쌓은 두 사람이 있었어. 저것이 그 표시야. 알겠니? 나는 그걸 알아보았다구."

그는 손으로 눈을 비볐다. 할 말을 설명하기에 정확한 표현을 찾기가 퍽 힘드는 모양이었다. 그래서인지 그의 목소리가 갈라진 듯한 느낌이 들었다.

"그 두 사람의 모습은 지금과는 아주 딴판이었어. 그 당시의 두 사람은 아주 달랐어."

여기서 그는 얘기를 중단하는 것처럼 보이더니 단호한 음성으로 말했다.

"하지만 나는 그게 우리라는 걸 알았지. 너와 나 말이야. 나는 알 수 있었단다."

도로청소부 베포가 이와 같이 얘기하는 것을 듣고서 사람들이 웃어넘기거나 정신이 나갔다고 비웃듯이 둘쨋손가락을 머리 옆에서 빙빙 돌리는 것도 무리가 아니었다. 하지만 모모는 베포를 아주 좋아했다. 그리고 그가 한 말은 모두 마음 속 깊숙이 간직해 두었다.

모모의 또 하나의 친구는 모든 점에서 도로청소부 베포와는 정반대인 젊은이였다. 꿈꾸는 듯한 눈을 지닌 미남인데 기막히게 놀라운 말재주를 가지고 있었다. 끊임없이 농담을 하고 너무나 쉽게 웃음보를 터뜨리기 때문에 다른 사람들까지도 무의식 중에 웃지 않을 수 없었다. 이름은 지롤라모였지만 모두 지지라고 불렀다.

베포 할아버지를 직업을 붙여 불렀으니 지지의 경우도—사실 일정한 직업이 없기는 하지만—역시 그런 식으로 불러볼까 한다. 바로 '관광안내원 지지'. 하지만 이미 말했듯이 관광안내는 지지가 기회만 있으면 이것저것 손대는 많은 일 중 하나에 불과하며, 게다가 그는 정식 안내원도 아니었다.

이 일을 하는 데 필요한 조건으로 지지가 가지고 있는 유일한 것은 모자였다. 관광객이 길을 잘못 들었다거나 하여 이 근처에 나타나는 일이 있으면 지지는 즉시 모자를 쓰고 그럴싸한 얼굴로 관광객에게 다가가서 안내와 설명을 해주겠다고 자청한다. 상대방이 그 제의에 관심을 보이는 듯하면 그는 말문을 열고 터무니없는 거짓말을 늘어놓는 것이다. 그리고 지어낸 사건과 인물과 연대를 정신없이 늘어놓아서 가엾은 관광객들의 머리를 혼란에 빠뜨린다.

어떤 이들은 그 말이 엉터리임을 눈치채고 화를 내며 가버리기도 했으나, 대부분의 사람들은 그 모든 이야기를 진짜로 곧이 듣고서 지지가 마지막에 모자를 내밀면 돈을 지불해 주는 것이었다. 근처에 사는 사람들은 지지의 속임수를 웃음거리로 삼고 있었으나 그래도 가끔 이맛살을 찌푸리면서, 그런 꾸며낸 얘기를 해주고 진짜 돈을 번다는 것은 정당하지 못한 짓이라고 정색을 하고 충고를 하곤 했다.

그런 말을 들으면 지지는 이렇게 말하는 것이었다.

"시인들도 그렇게 하잖아요. 시인에게 돈을 지불하는 사람들도 헛되이 돈을 버린다는 말인가요? 그들은 시인으로부터 바라는 것만큼은 얻었다는 걸 알아야 해요! 더욱이 학술서적에 나오느냐 안 나오느냐가 그리 중요한가요? 책에 나오는 얘기도 어쩌면 지어낸 것에 불과할지도 모르잖아요. 진실은 아무도 알지 못하는 거예요, 그렇잖아요?"

또 언젠가 그는 이런 말도 했다.

"도대체 참된 것과 거짓이란 것이 무엇을 뜻하나요? 천 년 전, 2천 년 전에 여기서 벌어진 일을 누가 알겠어요? 여러분 중에 혹시 누가 아시나요?"

"모를 일이지."

상대방은 이를 인정할 수밖에 없었다.

"자, 그것 보세요! 그렇다면 여러분께서 내 이야기가 거짓이라고 간단히 주장할 수가 있을까요? 아무튼 우연히 똑같은 일이 벌어졌을 가능성도 있는 거지요. 그렇다면 내 얘기는 진실한 것과 다름없는 셈이지요!"

관광안내원 지지는 이렇게 외치는 것이다.

여기까지 이르면 반론하기가 약간 곤란해진다. 말재주에 있어서만은 누구도 지지를 쉽게 당해 낼 수가 없는 것이다.

하지만 유감스럽게도 이 원형극장을 구경하러 오는 관광객은 극히 드물었다. 그래서 지지는 이것저것 다른 일에 손을 대지 않을 수가 없었다. 기회만 있으면 공원지기, 결혼식 증인, 개의 산책 담당, 사랑의 편지 배달부, 장례 입회인, 기념품 행상, 고양이 먹이 판매 등 여러 가지 잡다한 일을 했다.

그러나 지지에게는 언젠가는 유명해지고 부자가 되겠다는 꿈이 있었다. 그렇게 되면 정원으로 둘러싸인 동화의 나라같이 아름다운 집에 살면서 황금으로 된 접시로 식사를 하고 비단 이불 속에서 잠자게 될 것이다. 지지는 화려한 명성에 빛나는 자신의 미래 모습을 벌써부터 볼 수 있었다. 그럴 때면 태양 빛처럼 빛나는 명성이 아득히 먼 곳으로부터 지금의 가난한 자신을 따스하게 비추어 주고 있는 듯이 느껴졌다.

남들이 이와 같은 꿈을 비웃으면 지지는 이렇게 외쳤다.

"난 그렇게 할 것입니다! 여러분은 언젠가 제 말을 기억할 때가 올 겁니다!"

하지만 어떻게 그 꿈을 이루어야 할지는 그 자신도 분명히 말할 수가 없었다. 제아무리 악착같이 일해 보아도 그가 버는 돈은 빤한 것이었기 때문이다.

"기분만으로 부자가 되는 것은 간단하지. 하지만 약간 나은 생활을 하기 위해서 생명과 영혼마저도 팔아넘기는 놈들을 보렴! 나는 그런 짓은 싫다. 커피 한 잔 마실 돈도 없더라도 지지는 어디까지나 지지로 있고 싶단 말이야!"

지지가 모모에게 말했다.

이렇게 서로 전혀 딴판인 두 사람, 그토록 다른 인생관을 가진 관광안내원 지지와 도로청소부 베포가 서로 친해진다는 것은 전혀 있을 수 없는 일이라고 생각할 수도 있을 것이다. 그런데도 이 두 사람은 아주 친했다.

이상하게도 지지를 경박하다고 비난한 적이 없는 유일한 사람은 바로 베포 할아버지였다. 그와 마찬가지로 괴짜인 베포 할아버지를 한 번도 비웃지 않은 유일한 사람이 바로 말재주꾼 지지였다.

어쩌면 그것은 꼬마 모모가 두 사람의 얘기를 귀기울여 듣는 방식 때문이었는지도 모른다.

그들 세 사람 중 그 누구도 그들의 우정에 곧 어두운 그림자가 드리워지리라고는 생각조차 해보지 않았다. 그 그림자는 세 사람의 우정 위로만이 아니라 이 도시 전체를 향해 슬며시 다가오고 있었다. 끊임없이 서서히 번지면서 어느새 대도시 위에 어둡고 차갑게 뒤덮이고 있었다.

그것은 눈에 띄지 않고 소리없이 침입하여 점점 더 깊숙이 파고드는 침략군 같았다. 누구 하나 그것을 눈치채지 못했기 때문에 이를 막을 수도 없었다. 그 침략자들은 도대체 누구일까?

다른 사람들이 보지 못하는 것을 보는 베포 할아버지마저 점점 수효가 늘어나면서 대도시를 헤집고 다니며 정력적으로 무슨 일인가를 하고 돌아다니는 회색 사나이들을 눈치채지 못했다. 그들이 보이지 않는 것은 아니었다. 분명히 보였다. 그런데도 아무도 그들을 눈치채지 못한 것이다. 그들은 비상한 방법으로 남의 눈에 띄지 않게 행동할 줄 알았기 때문에, 사람들은 단순히 그들을 스쳐 지나가거나 그들을 보고도 금세 잊어버렸다.

그러므로 그들은 굳이 숨지 않고서도 비밀리에 활동을 할 수가 있었다. 게다가 누구의 눈에도 띄지 않으므로 그들이 어디에서 왔는지, 또한 왜 날마다 그들의 수가 불어나는지를 묻는 사람이 하나도 없었다.

그들은 멋진 승용차로 거리를 달리고 여러 집들을 드나들거나 레스토랑에 앉아 있기도 한다. 그리고 작은 수첩에 자주 무엇인가를 적어 넣었다.

그들은 머리끝에서 발끝까지 거미줄 같은 회색 옷을 입은 신사들이다. 심지어 얼굴까지도 짙은 회색이었다. 그들은 머리에 둥근 중산모를 쓰고 작은 회색 시가를 피운다. 그리고 하나같이 납회색의 서류 가방을 항상 들고 다녔다.

지지도 이 회색 사나이들이 여러 차례 원형극장 주변을 거닐면서 뭔가를 수첩에 적어 가는 것을 눈치채지 못했다.

어느 날 저녁 폐허의 높은 꼭대기 가장자리 위에 그들의 검은 그림자가 나타났을 때, 모모만은 그들을 똑똑히 보았다. 그들은 신호를 주고받더니 나중에는 무슨 의논을 하는 듯 고개를 숙여 맞대었다. 모모는 불현듯 지금껏 느껴보지 못한 얼어붙는 듯한 냉기를 느꼈다. 그녀의 커다란 저고리를 아무리 꼭꼭 여며도 헛일이었다. 그 추위는 보통 추위와는 전혀 다른 종류의 것이었기 때문이다.

그러고 나서 회색 사나이들은 사라졌고 그 후 두 번 다시 나타나지 않았다.

그날 밤 모모는 조용하고 장중한 음악을 여느때처럼 들을 수가 없었다. 하지만 다음날엔 전과 다름없이 하루의 생활이 흐르고, 모모는 그 이상한 방문자들에 대한 생각을 더 이상 하지 않게 되었다. 그녀 역시 그들의 일을 곧 잊어버렸던 것이다.

많은 사람을 위한 이야기와
한 사람만을 위한 이야기

　관광안내원 지지에게 모모는 점점 없어서는 도저히 안 될 존재가 되어버렸다. 지지는 무척 변덕이 심하고 모든 일에 무사태평한 젊은이였으므로 사실상 그렇게 말할 수 있는지 의문이지만, 어쨌든 지지는 이 고수머리 꼬마 소녀에게 깊은 사랑을 느끼고 있었다. 어딜 가든지 잠시도 떨어지지 않고 같이 다니고 싶어할 정도였다.

　이야기를 하는 것은, 이미 우리가 잘 알고 있듯이, 지지가 무엇보다도 좋아하는 것이었다. 그런데 바로 이 점에서 그에게는 자신도 분명히 느낄 정도로 변화가 생겼다. 전에는 이야기를 하다 보면 말문이 막히는 일도 흔히 있었다. 좋은 생각이 떠오르지 않아서 곧잘 한 말을 되풀이하거나 언젠가 본 영화와 신문에서 읽었던 얘깃거리를 되씹을 때도 많았다. 말하자면 지금까지 그의 이야기는 비틀비틀 걷고 있었다고나 할까. 모모를 알고 난 후부터 그의 이야기는 갑자기 날개가 돋아 하늘 높이 날아오르게 된 격이었다.

그리고 특히 모모가 곁에서 귀를 기울여 줄 때면 그의 공상력은 마치 봄의 초원의 꽃처럼 활짝 피어나기도 했다. 어린이나 어른 할 것 없이 많은 사람들이 그의 얘기를 들으려고 모여들었다. 그는 이제 며칠씩, 몇 주일씩 계속 긴 얘기를 할 수 있었으며 좋은 생각이 샘솟듯 끊이지 않았다. 상상력이 자신을 어디로 이끌어 갈지를 자기 자신도 전혀 예측할 수 없었기 때문에 그 자신조차 자신의 말에 주의를 기울였다.

어느 날 이 원형극장을 구경하려고 여행자들이 찾아왔을 때 (모모는 약간 떨어진 돌계단에 앉아 있었다), 지지는 다음과 같은 이야기를 했다.

"신사 숙녀 여러분! 여러분 모두가 이미 아실는지 모르지만, 슈트라파치아 아우구스티나 여황제는 나약하고 겁 많은 족속의 끊임없는 공격에 대응하여 헤아릴 수 없이 많은 전쟁을 치렀습니다.

여황제는 집요하게 공격해 오는 적에 대하여 크게 노했기 때문에, 또 한 번 전쟁에 이겨 두 민족을 지배하에 두게 되자 그곳을 지배하던 왕 삭소트락솔루스에게 공물로서 왕의 금붕어를 바치도록 명하고 이를 따르지 않으면 모조리 멸족시키겠다고 엄포를 놓았습니다.

그 당시에는 금붕어란 것은 이 나라에는 별로 알려지지 않은 고기였습니다. 하지만 여황제 슈트라파치아는 어느 여행가를 통해, 성장하면 순금으로 변하는 작은 물고기를 삭소트락솔루스왕이 가지고 있다는 말을 들었습니다. 그리하여 진기한 그 물고기를 어떻게 해서든지 손에 넣으려고 마음먹고 있었던 것입니다.

삭소트락솔루스왕은 회심의 미소를 지었습니다. 왕은 분명히 금붕어를 가지고 있었으나 그것은 침대 밑에 감추어 두고, 그 대신 새끼 고래를 보석으로 장식한 수프 그릇에 담아 여황제에게 보냈습니다.

여황제는 고기의 크기를 보고 깜짝 놀랐습니다. 금붕어는 작으리라고 상상하고 있었기 때문입니다. 하지만 마음 속으로는 크면 클수록 좋다고 생각했습니다. 그러면 결국 더 큰 황금을 가져다 줄 것이기 때문입니다. 하지만 그 고기는 아무리 보아도 황금빛과는 인연이 없는 색이었으므로 여황제는 그다지 만족스럽지 않았습니다.

그러자 삭소트락솔루스왕의 사자使者가 그것에 대해 이렇게 설명했습니다. '이 고기는 완전히 성장이 끝났을 때 비로소 순금이 되는 것입니다. 그때까지는 황금으로 변하지 않습니다. 그러므로 이 고기가 아무런 방해도 받지 않고 자랄 수 있도록 돌보아주는 일이 필요합니다.' 이 말을 듣고서 여황제는 대단히 만족해했습니다.

어린 물고기는 하루하루 자라면서 엄청난 먹이를 먹어치웠습니다. 하지만 여황제는 결코 가난하지 않았기 때문에, 물고기는 언제나 배터지게 실컷 먹고는 뚱뚱보가 되었습니다. 그러자 수프 그릇은 물고기가 살기엔 너무 비좁아졌습니다.

'크면 클수록 더욱 좋은 거야.'

여황제는 그렇게 말하며 물고기를 자신의 목욕통으로 옮겼습니다. 하지만 얼마 안 있어 물고기는 목욕통 안도 비좁아졌습니다. 물고기는 부쩍부쩍 자랐습니다. 그래서 이번에는 궁정의 수영장으로 옮겼습니다. 고래는 이제 황소만큼 무거워졌으므로 옮기는 것만 해도 엄청나게 번거로운 일이었습니다. 물고기를 짊어진 노예 중의 한 사람이 미끄러지자 여황제는 당장 그를 사자 밥으로 던져 주라고 명령했습니다. 이제 물고기야말로 여황제에겐 모든 것이었기 때문입니다.

매일처럼 여황제는 몇 시간이고 수영장 가장자리에 앉아서 물고기의 성장을 지켜보았습니다. 머리 속에는 오로지 황금밖에 없었습니다. 여황제는 잘 알려져 있는 바와 같이 그야말로 호화로운 생활을 하고 있었기 때문에 아무리 황금이 많아도 만족할 수 없었습니다.

'크면 클수록 더욱 좋지.'

여황제는 끊임없이 이렇게 혼잣말을 되뇌었습니다. 이 말은 나라를 다스리는 데 기본 방침으로 정해졌고, 나라의 건축물마다 청동 글자로 새겨서 내걸리게 되었습니다.

한편, 이제는 궁정의 수영장마저 물고기의 몸에는 비좁게 되었습니다. 그래서 슈트라파치아 여황제는 여러분이 지금 그 건축의 일부를 보고 계시는 이 건물을 지으라고 명했습니다. 이것은

거대한 둥근 수족관으로 그 꼭대기까지 물을 꽉 채웠습니다. 여기서 물고기는 비로소 자유롭게 헤엄을 칠 수가 있었습니다.

이제 여황제는 언제나 밤낮으로 나와서, 저기 보이는 자리에 앉아 이 거대한 물고기가 갑자기 황금으로 변하지 않을까 지켜보았습니다. 여황제는 그 물고기를 도둑 맞을까봐 걱정이 되어 잠을 이룰 수가 없었습니다. 이제 노예도, 왕족도, 그 누구 한 사람도 믿을 수 없었기 때문입니다.

여황제는 그렇게 홀로 앉아 공포와 불안에 떨며 물끄러미 물고기를 지켜보고 있었으나, 물고기는 황금으로 변할 기색은 조금도 없이 즐거운 듯이 물속에서 헤엄만 치고 있었습니다. 그럴수록 여황제는 나라를 다스리는 일을 더욱더 소홀히 하게 되었습니다.

나약하고 겁 많은 족속들은 바로 이렇게 될 때를 기다리고 있었던 것입니다. 그들은 삭소트락솔루스왕의 지휘하에 최후의 전투를 벌여 순식간에 여황제의 제국 전체를 정복했습니다. 그들에게 대항하는 병사도 없었으며, 백성들로서도 누가 지배하든 별로 달라질 게 없었습니다.

이 소식이 여황제의 귀에 전해졌을 때 그녀는 저 유명한 독백獨白을 외쳤습니다. '슬프도다! 오, 나는……' 이 말 다음 말이 무엇인지는 유감스럽게도 전해지고 있지 않습니다. 다만 여황제가 그 수족관에 몸을 던져, 그녀의 모든 소망을 물거품으로 만들어 버린 물고기 곁에서 죽었다는 사실만은 분명합니다. 삭소트락솔루스왕은 승리를 축하하는 의미로 고래를 잡아 백성들 모두가 8일 동안이나 고래 고기를 맛보게 했다고 합니다.

여러분, 남의 말을 너무 경솔하게 믿는다는 것이 어떠한 결과를 가져오는지 잘 아셨지요?"

이렇게 지지가 말을 맺었다. 듣고 있던 사람들은 아주 큰 감명을 받은 듯이 진지하게 폐허를 바라보았다. 다만 그중의 한 사람만이 아무래도 이상하다고 여겼는지 이렇게 물었다.

"그것은 어느 시대에 있었던 일인가요?"

하지만 지지는 어떤 질문을 받아도 조금도 당황하는 기색이 없었다.

"여황제는 저 유명한 철학자 노이오시우스 부자 중 아버지와 같은 시대의 인물이지요."

질문을 한 사람은 물론 유명한 철학자인 노이오시우스가 어느 시대에 살았는지 모른다고 고백하고 싶지 않았으므로 "아, 그래요, 고맙습니다"라고 얼버무릴 뿐이었다.

모든 청중들은 매우 만족해서, 이 관광이야말로 정말 뜻있는 일이며 이토록 고대 역사에 대해서 생생하고 재미있게 이야기해 주는 사람은 아무도 없었다고 칭찬을 주고받았다. 그러고 나면 지지는 챙모자를 살짝 내밀었고 관광객들은 기분좋게 사례금을 내놓았다. 심지어 그를 의심했던 사람까지도 동전 몇 개를 던져 주었다.

지지는 모모가 함께 있었던 이후로 똑같은 얘기를 두 번 한 적이 없었다. 반복하는 일이야말로 그에게는 너무 권태로운 일이었다. 모모가 청중들 틈에 끼여 앉아 있기라도 하면 그에겐 마치 마음 속에서 상상력의 물꼬가 터지듯 새로운 이야기가 끊임없이 솟아나는 것 같은 느낌이 들었다. 그러므로 애써 머리를 짜낼 필요가 전혀 없었다.

오히려 지지 자신이 얘기에 브레이크를 걸어야만 할 때가 가끔 있었다. 언젠가 미국에서 온 두 고상한 중년부인들을 안내했을 때처럼 약간 정도를 넘어서 실수를 한 적도 있었다. 그때 그는 이런 이야기를 해서 그 미국 부인들을 놀라게 했던 것이다.

"아름다운 자유의 나라 미국에서 오신 당신들도 '붉은 왕'이란 별명을 가진 잔학한 폭군 마르크센티우스 코무누스를 잘 알고 계시겠지만, 이 폭군은 그 당시 세계를 온통 자기 생각대로 바꾸어 놓으려고 했습니다. 하지만 그가 어떠한 방법을 써보아도 결국 세계는 똑같이 그대로이며 인간이란 그렇게 간단히 변하지 않는다는 것을 알게 되었을 뿐입니다. 그 때문에 마르크센티우스는 만년에 드디어 미쳐 버렸습니다.

물론 잘 아시는 바와 같이 그 당시에는 이러한 병을 고칠 수 있는 의사가 아직 없었으므로, 사람들은 이 폭군이 광기狂氣를 부려도 그냥 내버려두는 수밖에 도리가 없었습니다. 그런데 망상에 사로잡힌 마르크센티우스 코무누스는 이번에는 현재 존재하는 세계는 버려두고 완전히 새로운 세계를 만드는 것이 좋겠다고 생각하게 되었습니다.

그래서 그는 이제까지의 지구와 똑같은 크기의 새로운 지구를 만들라고 명령했습니다. 게다가 오래된 지구에 있었던 모든 건물과 나무와 산과 바다와 강도 완벽하게 똑같이 만들어야 한다고 억지를 부렸습니다. 명령을 어기면 사형에 처한다고 협박을 했기 때문에 그 당시의 사람들은 한 사람도 빠짐없이 이 엄청난 대사업에 동원되었습니다.

사람들은 맨 먼저 이 거대한 지구를 받쳐 줄 받침대를 만들었습니다. 그 받침대의 흔적이 바로 지금 보고 계시는 이 폐허입니다.

그 이후 사람들은 지구와 똑같은 크기의 엄청난 지구의地球儀를 만들기 시작했습니다. 마침내 둥근 모형이 완성되자 지구 위에 있는 모든 것을 세밀하게 그대로 본떠 만드는 작업을 하게 되었습니다.

물론 이 지구의를 만드는 데는 많은 재료가 필요했는데, 그 재료들은 지구에서 가져올 수밖에 없었습니다. 그러므로 지구의에 물건들이 점점 쌓이면 쌓일수록 본래의 지구 자체는 점점 줄어들었습니다.

이렇게 새 세계가 완성되었을 때에는 현재 지구에 남아 있던 마지막 돌덩어리 하나까지 옮겨간 상태가 되었습니다. 물론 인간들도 모두 새 지구의로 옮겨갔습니다. 오래된 지구의 모든 것이 다 없어져 버렸기 때문입니다.

그런데 마르크센티우스가 깨달은 것은 제아무리 무슨 수를 써도 근본적으로는 모든 것이 그대로라는 사실입니다. 그는 옷자락으로 얼굴을 감싸고 자취도 없이 사라져 버렸습니다. 그가 어디로 갔는지는 아무도 알 수가 없었습니다.

자, 숙녀 여러분, 보시다시피 폐허가 되긴 했지만 지금도 알아볼 수 있어요. 깔때기같이 푹 패인 이곳이 오래된 지구의 표면이 놓였던 부분입니다. 즉 모든 것을 거꾸로 생각해 보십시오."

미국에서 온 두 고상한 중년부인들은 창백해졌다. 그중 한 부인이 물었다.

"그럼 새 지구는 어디로 갔나요?"

"당신께서 바로 그 위에 서 계시지 않습니까! 오늘날의 세계가 바로 그 새로운 지구입니다."

지지가 천연덕스럽게 대답했다.

지지가 말을 마치자마자 이 두 중년부인들은 기겁을 하고 비명을 지르며 도망쳐 버렸다. 지지가 내민 모자 안은 텅 빈 채였다.

하지만 지지는 다른 사람이 아무도 없을 때 꼬마 모모에게 이야기하는 것을 제일 좋아했다. 그것은 대개 동화였다. 동화는 모모가 가장 즐겨 듣는 것이었기 때문이다. 그것은 대부분 지지와 모모가 주인공이 되는 얘기였다. 그리고 그 동화들은 역시 두 사람만을 위한 것으로서, 다른 때 지지가 이야기하는 것과는 전혀 다른 느낌이 드는 얘기였다.

어느 따스하고 아름다운 밤의 일이었다. 두 사람은 돌계단 꼭대기에 말없이 나란히 앉아 있었다. 하늘에는 어느새 첫 별이 반짝이고 있었고 검은 소나무숲 위로는 은빛 달이 떠오르고 있었다.

"지지, 동화 하나 이야기해 주지 않을래?"

모모가 나직하게 부탁했다.

"좋아. 누구 이야기를 할까?"

"모모와 지롤라모의 얘기가 제일 좋아."

지지는 잠시 생각하더니 물었다.

"제목은 뭘로 할까?"

"어떨까, 〈요술거울〉은?"

지지는 생각에 잠기듯이 고개를 끄덕였다.

"그럴 듯한 제목인걸. 좋아, 어떤 얘기가 될지 해보자꾸나."

그는 모모의 어깨에 팔을 얹고 이야기를 시작했다.

"옛날 옛적에 모모라는 이름의 예쁜 공주가 살고 있었어. 공주는 언제나 벨벳과 비단 옷을 입었고, 높고높은 눈 덮인 산봉우리에 솟아 있는 무지갯빛 유리성에 살고 있었어.

공주는 갖고 싶은 모든 것을 갖고 있었으며, 최고급 요리만을 먹었고 최상의 달콤한 포도주만을 마셨지. 비단 요 위에서 잠을 잤고 상아象牙 의자에 앉았단다. 공주는 부족한 것이 하나도 없었어. 하지만 혼자여서 늘 외로웠지.

공주의 주변에 있는 모든 것, 하인들, 시녀들, 개와 고양이와 새와 심지어 꽃까지도 모두가 거울 속에 비치는 상像에 지나지 않았거든.

그 이유는 이랬어. 모모 공주는 요술거울을 갖고 있었지. 크고 둥근 고급 은거울이었어. 밤낮으로 공주는 이 거울에다 세상을 비추었어. 이 큰 거울은 육지와 바다, 도시와 들판 위를 둥실 떠다녔지. 그것을 본 사람들은 아무도 이상하게 생각하지 않았단다. 그저 '저건 달이야'라고만 말했지.

이 요술거울은 공주에게 되돌아와서는 그때마다 여행길에서 수집한 거울이 본 온갖 것을 공주 앞에 쏟아놓았어. 그것은 있는 그대로의 것으로, 아름다운 것, 흉칙한 것, 또는 재미난 것, 지루한 것들이었어. 공주는 마음에 드는 것을 골라잡고 나머지는 그냥 시냇물에 던졌지. 그러면 풀려난 영상들은 네가 생각하는 것보다 훨씬 빨리 땅 위의 강과 연못으로 흘러들어가서 본래의 주인에게로 순식간에 되돌아갔지. 우리들이 샘과 웅덩이 위로 몸을 굽히면 자기의 모습이 비치는 것은 바로 이런 이유 때문이야.

한 가지 잊은 것은, 모모 공주는 영원한 생명을 지니고 있었다는 사실이야. 즉 공주는 지금까지 이 요술거울에 자기 모습을 비추어 본 적이 없었어. 이 거울에 비친 자기의 모습을 본 사람은 죽음을 견뎌내지 못하거든. 공주는 그 사실을 너무나 잘 알고 있었기 때문에 결코 거울을 쳐다보지 않았지. 그래서 공주는 그녀가 선택한 영상들과 함께 살고 함께 놀면서 그것으로 만족하고 있었어.

그러던 어느 날, 요술거울이 지금까지의 영상들보다 훨씬 소중한 영상을 하나 가져왔지. 그것은 어느 젊은 왕자의 모습이었어. 그 장면을 본 순간, 공주는 너무나 왕자가 보고싶어서 어떻게 해서든지 왕자한테 가고 싶어졌지. 그렇지만 어떻게 해야 할까? 사실 공주는 왕자가 어디 사는지, 누구인지도 모를 뿐더러 그 이름마저도 몰랐거든.

공주는 아무래도 뾰족한 방법이 떠오르지 않자 어쨌든 요술거울을 들여다보기로 결심했지. 왜냐하면 공주는 '어쩌면 이

거울이 내 얼굴의 상을 왕자에게 비추어 줄지도 몰라. 어쩌면 거울이 하늘에 떠 있는 순간 우연히 왕자님께서 하늘을 쳐다볼지도 모르지. 그러면 내 얼굴을 보게 될 테고, 어쩌면 왕자님께서는 거울을 좇아와서 여기 있는 나를 발견할는지도 몰라' 하고 생각했거든.

그래서 공주는 요술거울을 한참 들여다보고는 자기의 상이 비친 거울을 세상 위로 보냈어. 물론 이렇게 해서 공주도 죽음을 면치 못하는 존재가 되어버렸지.

공주가 어떻게 되었는지는 조금 뒤에 얘기해 줄게. 우선 왕자 이야기를 해야겠군.

이 왕자의 이름은 지롤라모였어. 그는 자신이 세운 큰 왕국을 다스리고 있었어. 그럼 이 왕국은 어디에 있었을까? 그 왕국은 어제에도 없고 오늘에도 없고 항상 내일이라는 미래에 존재하는 왕국이야. 그래서 이 왕국은 '내일의 나라' 라고 불렸지. 이 왕국에 사는 모든 백성들은 왕자를 사랑하고 훌륭한 왕자라고 칭송을 아끼지 않았어.

그런데 어느 날 '내일의 나라' 의 장관이 왕자에게 와서 이렇게 말했어.

'저하, 이제 빈궁을 맞아들이셔야 합니다. 마땅히 그래야 할 줄 압니다.'

왕자 지롤라모는 반대할 이유가 없었지. 그래서 신부감을 고르려고 '내일의 나라' 미녀들을 궁중으로 불러들였어. 미녀들은 물론 왕자와 결혼하고 싶어서 너무나 아름답게 꾸몄지.

그런데 이 미녀들 틈에 섞여 나쁜 마녀 하나가 살짝 궁중에 들어왔지. 혈관에 붉고 따스한 피가 흐르지 않고 초록빛 차가운 피가 흐르는 마녀였어. 물론 이 마녀는 사람들의 눈에 띌 리가 없었지. 마녀는 온갖 재주를 다 부려 변장을 했거든.

'내일의 나라'의 왕자님이 신부감을 고르려고 황금으로 된 옥좌가 있는 넓은 무도회장으로 들어서자 마녀는 재빨리 주문을 외었어. 그러자 가엾게도 지롤라모 왕자의 눈에는 마녀 외에는 아무도 보이지 않게 되었어. 마녀가 어찌나 아름답게 보였던지 왕자는 당장에 나쁜 마녀에게 빈궁이 되어주지 않겠느냐고 청혼했지.

'기꺼이 그렇게 하겠나이다. 하지만 조건이 하나 있사옵니다.'

나쁜 마녀는 꾸민 목소리로 속삭였어.

'들어주고말고.'

지롤라모 왕자는 깊이 생각지도 않고 대답했지.

'황공하옵니다.'

마녀는 이렇게 말하면서 이 불행한 왕자의 넋을 빼앗을 정도로 달콤하게 미소지었어.

'왕자님께서는 일년 동안 하늘에 떠 있는 은빛 거울을 결코 올려다보아서는 안 됩니다. 만일 그렇게 하시면 당장에 왕자님께서는 자신이 누구인지를 잊어버리실 것이옵니다. 자신이 누구인지를 잊어버리면 왕자님은 아무도 왕자님을 알아주지 않는 '오늘의 나라'로 가셔야 하옵니다. 왕자님께서는 그곳에서 아무도 알아주지 않는 불쌍한 떠돌이로 사셔야 하옵니다. 제 말을

들어주시겠습니까?'

'단지 그것뿐이라면 조건은 간단하구나!'

지롤라모 왕자가 말했어.

그럼 그 사이에 모모 공주에게는 어떤 일이 생겼을까?

공주는 기다리고 또 기다렸어. 그래도 왕자는 나타나지 않았어. 그래서 공주는 몸소 세상으로 내려가서 왕자를 찾기로 결심했지. 공주는 성 안에 있던 모든 영상들에게 자유를 주었어. 그러고는 혼자서 굽 낮은 조그마한 슬리퍼를 신고 무지갯빛 유리성을 빠져나와 눈 덮인 산을 지나 세상으로 내려갔어.

공주는 세계의 모든 나라들을 두루 헤매다 드디어 '오늘의 나라'까지 오게 되었지. 어느새 공주의 신은 해져 맨발로 걸을 수밖에 없게 되었지. 하지만 공주의 영상이 있는 요술거울은 여전히 하늘 높이 떠 있었어.

어느 날 밤, 지롤라모 왕자는 그의 황금으로 된 궁전 옥좌에서 차가운 피를 지닌 마녀와 체스를 두고 있었어. 그때 문득 작은 물방울이 왕자의 손등에 떨어졌어.

'비가 오려나 봅니다.'

초록빛 피를 지닌 마녀가 말했어.

'아니, 그럴 리가 없어. 하늘엔 구름 한 점 없는걸.'

이렇게 말하고 무심코 하늘을 쳐다본 왕자는 그곳에 떠 있는 커다란 은빛 요술거울을 보고 말았어. 그때 왕자는 모모 공주의 영상을 보게 되었고 모모가 울고 있다는 것과 그녀의 눈물이 자기 손등에 떨어졌다는 사실을 알게 되었어. 그리고 그 순간 나

뻔 마녀가 자기를 속였으며, 그녀는 실제로는 아름답지도 않고 혈관 속에 차가운 초록빛 피가 흐르고 있을 뿐이라는 사실을 알아챘지. 그리고 모모 공주야말로 자기가 실제로 사랑할 사람이라는 것도 깨닫게 되었어.

'이제 왕자님께서는 약속을 어기셨습니다.'

초록빛 마녀는 이렇게 말하고서 뱀처럼 얼굴을 일그러뜨렸어.

'자아, 벌을 받으셔야지요!'

나쁜 마녀는 화석처럼 굳어 있는 왕자의 가슴에 긴 초록빛 손가락을 세우고 매듭을 하나 만들었지. 그 순간 왕자는 자신이 '내일의 나라'의 왕자라는 것을 잊어버렸지. 왕자는 도둑처럼 한밤중에 자신의 성과 왕국을 빠져나왔어.

그리하여 온세계를 헤맨 끝에 가까스로 '오늘의 나라'에 이르렀어. 거기서 그는 아무도 알아주지 않는 가난한 방랑자로 살아가면서 자기를 지지라고 불렀지. 왕자가 몸에 지니고 온 단한 가지 것은 요술거울 속에서 꺼낸 영상뿐이었어. 그때부터 요술거울은 쭉 텅 비어 있게 되었던 거야.

한편 모모 공주는 그동안에 벨벳과 비단으로 된 옷까지 완전히 해져 버렸어. 이제 공주는 낡고 너무나 헐렁한 남자 저고리에 알록달록 기운 치마를 걸치고 있었어. 그리고 폐허의 옛 터에 살고 있었지.

어느 화창한 날, 둘은 그 폐허에서 만났어. 하지만 모모 공주는 '내일의 나라' 왕자를 알아보지 못했지. 왕자는 가련한 떠돌이가 되어버렸으니까. 지지도 마찬가지로 공주를 알아보지 못했지. 공주는 이제 조금도 공주처럼 보이지 않았으니까 말이야. 하지만 똑같이 불행한 처지에 놓인 두 사람은 서로 친구가 되어 위로를 해주었지.

어느 날 밤, 텅 비어 있는 은빛 요술거울이 다시 하늘에 둥실 떴을 때 지지는 거울의 영상을 끄집어내어 모모에게 보여주었어. 그 영상은 벌써 이리저리 구겨지고 빛바래 버렸지만, 공주는 그것이 그 옛날 자기가 보낸 자신의 모습이라는 것을 당장에 알아봤어. 그리고 이제야 가련한 떠돌이 지지의 얼굴에 가려진 왕자의 모습을 알아보았어. 자기가 늘 그토록 찾아 헤맸으며 그를 위해 죽음까지도 선택하게 한 바로 지롤라모 왕자라는 것을 알아챈 것이지. 그래서 모모는 이제까지의 얘기를 지지에게 몽땅 털어놓았지.

하지만 지지는 슬프게 고개를 저으며 말했어.

'그렇지만 나는 네가 말하는 것을 하나도 못 알아듣겠어. 내 가슴에는 매듭이 묶여 있어서 아무것도 생각해 낼 수가 없거든.'

그 말을 듣고 모모 공주는 왕자의 가슴에 손을 넣어 바로 매듭을 풀어주었어. 이렇게 해서 지롤라모 왕자는 갑자기 자기가 누구이며 어느 나라 사람인가를 알게 되었지. 왕자는 공주의 손을 잡고 같이 떠나갔어. 머나먼 '내일의 나라'를 향해서 말이야."

지지가 이야기를 끝내고 나서, 두 사람은 한동안 말이 없었다. 잠시 후 모모가 물었다.

"그럼 그들은 나중에 부부가 되었을까?"

"그랬을 거야. 먼 훗날에."

지지가 말했다.

"그리고 결국에는 죽었을까?"

"아니. 우연히도 그 점만은 내가 확실히 알고 있어. 이 요술 거울은 혼자서 들여다볼 때만 그 들여다본 사람으로부터 영원한 생명을 앗아가는 거야. 그렇지만 둘이 함께 들여다보면 또다시 영원한 생명을 얻을 수 있게 되는 거야. 그런데 그 두 사람은 함께 거울을 들여다보았거든."

지지가 엄숙하게 말했다.

은빛 달이 검게 우거진 소나무 위로 떠올라 크고 둥근 옛 돌들을 신비롭게 비추고 있었다. 모모와 지지는 말없이 나란히 앉아서 오랫동안 달을 쳐다보았다. 둘이 함께 달을 보고 있는 한 영원히 죽지 않는다는 사실이 아주 생생하게 느껴졌다.

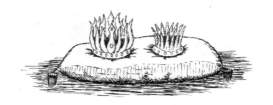

회색 사나이들 *2*

협잡꾼과 남을 속이는 계산

세상에는 아주 이상하면서도 극히 일상적인 비밀이 하나 있다. 모든 사람들이 그것에 관여하고 누구나 그것을 잘 알고 있지만, 그것에 관해서 생각해 보는 사람은 거의 없다. 대부분의 사람들은 그 몫을 받아들이면서 그것을 조금도 이상하게 여기지 않는다. 그 비밀이란 바로 시간이다.

시간을 재는 도구로는 달력과 시계가 있다. 하지만 그것은 별로 의미가 없다. 사실 누구나 알고 있듯이, 그 시간에 사람이 겪은 체험에 따라서 단 한 시간이 영원한 길이로 느껴지는 때가 있는가 하면 한순간처럼 흘러가는 때도 있기 때문이다.

왜냐하면 시간은 바로 삶이며 삶은 사람의 마음 속에 있기 때문이다.

이와 같은 사실을 누구보다도 잘 알고 있는 것이 회색 사나이들이었다. 그들만큼 한 시간의 가치, 1분의 가치, 심지어 1초의 가치까지 잘 알고 있는 사람은 아무도 없었다. 물론 그들은 나름의 방식으로 마치 흡혈귀가 피의 가치를 알고 있듯이 시간의 소중함을 이해하고, 자신들의 방식으로 시간을 다루고 있었다.

그들은 인간들의 시간을 가지고 어떤 계획을 세웠다. 그것은 대규모였으며 신중하게 세워진 계획이었다. 그들에게 가장 중요한 것은 자기네들의 활동을 아무도 눈치채지 못하게 하는 일이었다. 회색 사나이들은 전혀 눈에 띄지 않게 대도시와 그 안의 생활 속으로 파고들어갔다. 그리고 아무도 눈치채지 못하는 사이에 날마다 한발짝 한발짝씩 깊숙이 침투하여 인간의 재산을 손아귀에 넣고 있었다.

그들은 자기네들의 계획에 어울리는 인간을, 상대방이 그것을 눈치채기 훨씬 전부터 완전히 파악해 두고 있었다. 그러고 나서 그 사람을 손아귀에 넣을 수 있는 적절한 때를 기다리는 것이다. 그리고 그 때를 앞당기기 위해 노력하기도 한다.

이를테면 이발사 푸시의 경우를 보자. 그는 유명한 이발사는 아니었지만 그가 사는 거리에서는 그런대로 유명한 이발사였다. 그는 가난뱅이도 부자도 아니었다. 그의 이발소는 도시 한 복판에 있는 조그마한 것이었으며, 그는 젊은 조수 한 사람을 데리고 있었다.

어느 날 푸시는 이발소 문앞에 서서 손님을 기다리고 있었다. 조수는 휴가를 가고 없어 푸시 혼자였다. 그는 비가 억수같이 쏟아지는 거리를 내다보고 있었다. 그날은 잿빛 날씨였으며 푸시의 마음도 흐린 날씨와 같았다.

'가윗소리와 잡담과 비누거품과 함께 내 인생도 이렇게 흘러가는 것인가. 나는 도대체 무엇을 해놓았단 말인가? 내가 죽어버리고 나면, 나란 존재는 애초에 없었던 것처럼 사람들은 기억조차 못 하겠지.'

사실 푸시는 잡담을 싫어하지는 않았다. 그는 오히려 손님들에게 장황하게 자기의 의견을 늘어놓고 그것에 대해 상대방의 의견을 듣기를 몹시 좋아했다. 또한 하는 일도 재미있었고 솜씨도 그다지 나쁘지 않았다. 특히 턱밑 면도를 할 때의 솜씨에 있어서는 그를 쉽게 따를 이발사가 없었다. 그렇지만 그 모든 것이 완전히 무의미하게 여겨지는 순간이 종종 있었다. 그런 순간은 누구에게나 있는 법이니까.

'난 한평생을 헛살았어. 나란 존재는 대체 뭐란 말인가? 기껏 하찮은 이발사가 아닌가? 만약 내가 제대로 살 수 있다면, 나는 지금과는 전혀 다른 인간이 될 텐데!'

푸시는 하염없이 생각했다.

하지만 제대로의 삶이 어떤 것인가는 푸시 자신도 잘 몰랐다. 그는 다만 어떤 중요한 것, 어떤 화려한 것, 예를 들면 그림잡지에 항상 실리는 것 같은 그런 풍족한 생활을 막연히 그리고 있을 뿐이었다.

그는 우울한 마음으로 계속 생각했다.

'그렇지만 그런 생활을 누리기에는 내 일이 너무 바빠. 제대로의 생을 살려면 시간을 가져야 하는 건데. 자유로워야 해. 그

런데 나는 한평생 가윗소리와 잡담과 비누거품의 노예로 주저앉아 버리고 마는구나.'

그때, 잿빛 고급 승용차가 달려와서 바로 푸시의 이발소 앞에 멈추었다. 온통 잿빛으로 감싼 신사 한 사람이 차에서 내리더니 이발소로 들어섰다. 그는 납덩이 같은 회색 서류 가방을 거울 앞 탁자 위에 놓고는 딱딱하고 둥근 중산모를 옷걸이 못에 걸고 이발용 의자에 앉았다. 그러고 나서는 주머니에서 수첩을 꺼내 들고 작은 회색 시가에서 연기를 뿜어대면서 수첩을 뒤적이기 시작했다.

푸시는 이발소 출입문을 닫았다. 갑자기 이 작은 가게 안이 이상하게 추운 것 같았다.

"어떻게 할까요? 면도를 하시겠습니까? 아니면 이발을 하시겠습니까?"

그는 망설이다가 물었다.

그렇게 말한 순간, 그는 아차 싶었다. 그 신사는 번쩍거리는 대머리였던 것이다.

"아무것도 안 합니다."

회색 사나이는 표정 없이 섬찍하리만큼 억양이 없는, 말하자면 잿빛 음성으로 대답했다.

"나는 시간저축은행에서 왔습니다. 은행 외무사원 XYQ/384/b호라고 합니다. 당신은 우리 은행에 계좌를 트고자 하시지요?"

"처음 듣는 얘기인데요. 솔직히 말씀드리면, 도대체 그런 은행이 존재한다는 것조차 처음 듣습니다."

푸시는 점점 더 허둥거리며 말했다.

"하지만 이젠 알고 계십니다."

외무사원은 딱 잘라 말했다. 그는 수첩을 뒤적이며 말을 이었다.

"당신은 이발사 푸시 씨임에 틀림없지요?"

"맞습니다. 제가 바로 푸시입니다."

"그럼 제대로 찾아온 셈이군요. 당신은 우리 은행의 고객 후보자입니다."

회색 사나이는 이렇게 말하고 수첩을 덮었다.

"어째서요?"

푸시는 점점 어리둥절해져서 물었다.

"당신은 한평생을 가윗소리와 쓸데없는 잡담과 비누거품으로 낭비하고 있습니다. 당신이 죽어버리고 나면 당신의 존재는 없었던 것과 마찬가지가 될 것입니다. 제대로 살아왔다면 지금과는 전혀 다른 인간이 되었겠지요. 당신이 지금 절실히 필요로 하는 것은 바로 시간입니다. 제 말이 틀립니까?"

"지금 막 그런 생각을 했었지요."

푸시는 중얼거리며 부들부들 떨었다. 문이 닫혀 있음에도 불구하고 점점 더 추워졌기 때문이다.

회색 사나이는 흡족한 표정으로 작은 시가를 빨아들였다.

"그것 보십시오! 하지만 어디서 시간을 얻지요? 우리는 시간을 아껴야 합니다! 푸시 씨, 당신은 아주 무책임하게 당신의 시간을 낭비하고 있습니다. 간단한 계산으로 그걸 증명해 보여드리지요. 1분은 60초입니다. 그리고 한 시간은 60분이지요. 이 정돈 계산할 수 있습니까?"

"그럼요."

푸시가 대답했다.

외무사원 XYQ/384/b호는 회색 연필로 거울 위에 숫자를 쓰기 시작했다.

"60 곱하기 60은 3,600이지요. 그러니까 한 시간은 3,600초입니다. 하루는 스물네 시간이지요. 그러니까 3,600을 24로 곱하면 하루는 86,400초입니다. 아시다시피 1년은 365일이지요. 따라서 1년은 31,536,000초입니다. 또 10년이 지나면 315,360,000초가 되지요. 푸시 씨, 당신은 얼마나 살 것 같습니까?"

"저……하느님의 뜻에 달렸지만, 일흔, 아니 여든 살까지는 살고 싶군요, 가능하다면."

푸시는 당황해서 더듬거렸다.

"좋습니다. 약간 줄여 잡아서 일단 일흔 살로 계산해 봅시다. 그러니까 그건 315,360,000의 일곱 배가 되겠지요. 답은 2,207,520,000초가 되는군요."

회색 신사는 그 숫자를 큼지막하게 거울에 썼다.

2,207,520,000초

그리고 그 밑에다 몇 겹으로 줄을 그으며 설명을 했다.

"그러니까, 푸시 씨, 이것이 당신이 가진 전재산입니다."

푸시는 침을 꿀꺽 삼키고는 손으로 이마를 닦았다. 이 숫자를 보니 현기증이 났다. 이렇게 많으리라고는 전혀 생각해 본 일이 없었다.

외무사원은 고개를 끄덕이며 자기의 조그만 시가를 다시금 빨아들였다.

"어때요, 굉장한 숫자죠? 하지만 더 자세히 생각해 봅시다. 현재 연세가 어떻게 되시죠, 푸시 씨?"

"마흔두 살입니다."

그는 더듬거리면서 갑자기 자신이 쓸데없이 시간을 낭비한 죄라도 지은 것처럼 죄책감이 들었다.

"당신의 하룻밤 잠자는 시간은 평균 몇 시간이나 되지요?"

회색 사나이는 계속 따지고 들었다.

"아마 여덟 시간쯤……."

푸시는 사실대로 고백했다.

외무사원은 번개처럼 빨리 계산을 했다. 연필이 거울 위에서 소름끼치는 소리를 냈다.

"42년……매일 여덟 시간……그러니까 이것만으로도 벌써 441,504,000초가 되는군요. 이 숫자는 당연히 버려지는 것으로 간주해야겠지요. 일하는 데는 매일 몇 시간이나 필요합니까, 푸시 씨?"

"역시, 대략 여덟 시간입니다만."

푸시는 기어들어가는 목소리로 대답했다.

"그럼 다시금 똑같은 숫자를 장부에서 빼버려야겠군요. 그럼 이번엔, 영양을 섭취해야만 사람은 살아갈 수 있으니까 그 시간도 빼야겠군요. 하루 세 끼 식사하는 데 얼마나 필요합니까?"

"잘 모르겠어요. 아마 두 시간?"

푸시는 걱정스럽게 말했다.

"너무 적은 것 같지만 그렇다고 칩시다. 그럼 42년 동안 110,376,000초라는 수가 나옵니다. 더 계산을 해봅시다! 당신은 노모랑 함께 사십니다……우리가 아는 한은. 당신은 매일 이 노인한테 꼬박 한 시간을 바치고 있지요. 이를테면, 귀가 들리지 않는 노인을 상대로 잡담을 하니 이것도 쓸데없이 버려진 시간이지요. 55,188,000초로군요. 게다가 당신은 쓸데없는 앵무새까지 기르면서 그걸 보살피는 데 매일 15분은 쓰고 있습니다. 그것이 13,797,000초가 되는군요."

"그렇지만……."

푸시는 애원하듯이 항의했다.

"끼어들지 마십시오!"

외무사원은 이렇게 제지하고는 점점 더 빨리 계산을 해댔다.

"당신의 어머니가 하기에는 벅찬 일이기 때문에, 푸시 씨, 당신은 집안일도 어느 정도 해야 합니다. 장을 봐야 하고 청소를 해야 하고…… 그런 종류의 귀찮은 일이 수없이 많습니다. 거기에다 매일 얼마나 쓰십니까?"

"아마 한 시간쯤, 하지만……."

"당신이 허비한 시간이 또다시 55,188,000초나 되는군요, 푸시 씨. 우리는 또 당신이 한 주일에 한 번 극장에 간다는 것, 일요일마다 합창대회에 참석하고, 일주일에 두 번 단골 술집에 가며, 나머지 날에는 밤마다 친구를 만나거나 때로는 책을 읽는다는 것도 알고 있습니다. 당신은 시간을 쓸데없는 일에 낭비하고 있습니다. 그것이 또 165,564,000초가 되는군요. 기분이 언짢으십니까, 푸시 씨?"

"그래요."

"이제 곧 끝납니다. 하지만 당신의 생활에서 중요한 부분이 남아 있습니다. 당신은 그것을 비밀로 하고 있습니다만, 무슨 말인지 이제 아시겠지요……."

회색 사나이가 말했다.

푸시는 이빨을 딱딱 부딪히며 덜덜 떨고 있었다. 그토록 참을 수 없이 추웠던 것이다.

"그것까지 아십니까? 나와 다리아말고는 아무도……."

그는 힘이 빠져 맥없이 중얼거렸다.

외무사원 XYQ/384/b호는 푸시의 말을 중단시켰다.

"우리가 사는 현대사회에서는 어떤 비밀도 있을 수가 없습니다. 이 문제를 한 번 냉정히 현실적으로 생각해 보십시오, 푸시 씨. 한 가지 질문을 하겠습니다. 당신은 다리아양과 결혼하실 생각입니까?"

"아니오. 그건 아닙니다……."

"물론 그렇겠지요."

회색 신사가 말을 이었다.

"다리아양은 다리가 불편해서 한평생 휠체어에 의지해야 합니다. 그런데도 당신은 매일 꽃을 가지고 그 여자를 방문하여 30분씩 시간을 보냅니다. 왜지요?"

"그 여자가 아주 기뻐합니다."

푸시는 거의 울상이 되어 대답했다.

"하지만 냉정하게 생각해 보면, 그것은 당신에게 있어서는 잃어버린 시간입니다. 푸시 씨, 그것을 합치면 모두 다 27,594,000초가 됩니다. 그리고 매일처럼 잠들기 전에 15분 동안 창가에 앉아 그날 하루의 일을 되돌아보는 버릇까지 있습니다. 이것이 또한 13,797,000초라는 손실액이 나옵니다. 그럼 도대체 당신한테 남은 시간이 얼마나 되나 한번 봅시다, 푸시 씨."

외무사원이 말했다.

거울에는 다음과 같은 계산이 나왔다.

잠	441,504,000초
일	441,504,000초
식사	110,376,000초
어머니	55,188,000초
앵무새	13,797,000초
장보기 등	55,188,000초
친구, 합창 등	165,564,000초
비밀	27,594,000초
하루 일과 반성	13,797,000초
합계	1,324,512,000초

"이 합계는……."

회색 신사는 말하며 연필로 거울을 세차게 여러 차례 쳤다. 그것은 흡사 기관총 소리 같았다.

"이 합계는, 그러니까 당신이 지금까지 이미 낭비해 버린 시간입니다. 어떻게 생각하십니까, 푸시 씨?"

푸시는 아무 말도 하지 못했다. 그는 구석에 있는 의자에 주저앉아 손수건으로 이마를 닦았다. 몸은 얼음짱같이 차가운데 이마에선 땀이 흘렀기 때문이다.

회색 신사는 심각한 표정으로 고개를 끄덕거렸다.

"이제 당신도 아셨겠지만, 이건 당신이 애당초 갖고 있던 전재산의 절반이 넘습니다, 푸시 씨. 그럼 이제까지 살아온 42년 중에서 시간이 어느 정도 남아 있는지 한번 봅시다. 1년은 앞서 계산했던 것처럼 31,536,000초입니다. 그리고 그걸 42배 하면 1,324,512,000초."

그는 이 숫자 밑에다 이미 써버린 시간의 합계를 썼다.

$$1,324,512,000초$$
$$-1,324,512,000초$$
$$0,000,000,000초$$

그는 연필을 집어넣고는 이 0의 긴 행렬이 푸시에게 미치는 효과를 기다리듯이 한참 침묵을 지키고 있었다.

과연 그것은 효과를 보였다. 푸시는 만신창이가 된 느낌으로 생각했다.

'저것이……이제까지의 내 인생의 총결산이란 말인가.'

이렇게 한 치도 남김없이 더하기 빼기로 딱 맞아떨어진 계산에 압도되어, 그는 저항할 힘도 없이 모든 것을 상대가 말하는 대로 인정해 버리게 되었다. 하기야 계산 자체는 틀림없었다. 그리고 이것이야말로 회색 일당들이 몇천 몇만이라는 인간을 속이는 교묘한 속임수의 한 수법이었다.

"어떻게 생각하십니까?"

외무사원 XYQ/384/b호는 은근한 말투로 다시 입을 떼었다.

"이런 식으로 해서는 안 되겠다는 생각이 들지요? 푸시 씨, 이제부터 저축을 시작해 보시지 않겠습니까?"

푸시는 파랗게 질린 입술로 고개만 끄덕였다.

외무사원의 잿빛 음성이 푸시의 귀에 울려왔다.

"이를테면 당신이 20년 전부터 매일 단 한 시간씩 저축을 했더라면, 지금 당신은 26,280,000초의 재산을 갖고 계실 것입니다. 매일 두 시간씩 저축을 했다면 물론 그 갑절, 그러니까 52,560,000초가 되겠지요. 푸시 씨, 말씀해 보십시오. 이런 어마어마한 숫자에 비하면 두 시간쯤이야 얼마 안 되는 하찮은 시간이 아니겠습니까?"

"그렇지요! 너무나 보잘것없는 시간입니다!"

푸시가 외쳤다.

"당신이 이해해 주시니 고맙군요."

외무사원은 침착하게 말을 이었다.

"앞으로의 20년도 똑같이 하루에 두 시간씩 절약을 한다면, 105,120,000이라는 멋지고 엄청난 재산이 됩니다. 그렇게 되면 당신이 예순두 살이 되는 해에는 이 큰 재산을 자유롭게 쓸 수가 있습니다."

"굉장하군요!"

푸시는 눈을 휘둥그렇게 뜨며 헐떡거렸다.

"잠깐만, 더 좋은 일이 있어요. 우리, 즉 시간저축은행은 이를테면 당신이 저축한 시간만 보관하는 것이 아니라 거기에 대한 이자까지 지불하지요. 그러니까 실제로는 더 많이 저축하는 셈이 됩니다."

회색 신사가 말했다.

"얼마나 더 받지요?"

푸시는 조급하게 물었다.

"그건 전적으로 당신에게 달려 있습니다. 당신이 얼마나 저축을 하는가, 얼마나 오래 저축액을 우리 은행에 맡겨두는가 하는 데 달려 있지요."

"맡겨둬요? 그게 무슨 뜻이지요?"

"아주 간단합니다. 당신이 그동안 저축한 시간을 5년 안에 되찾아가지 않는다면, 우리는 그와 똑같은 금액을 이자로서 지불합니다. 당신의 재산은 5년마다 두 배로 불어나는 셈이지요, 아시겠습니까? 10년 뒤에는 벌써 처음 맡긴 시간의 네 배가 될 테고, 15년 뒤에는 여덟 배, 이렇게 점점 불어나는 겁니다. 만일 당신이 하루에 단 두 시간씩의 저축을 20년 전부터 시작했더라면, 당신이 예순두 살이 되는 해에는, 그러니까 모두 합해서 40년 후에는 그때까지 당신이 실제 저축한 본래 시간의 256배의 시간이 될 것입니다. 그러니까 26,910,720,000초가 되는군요. 이것 보세요."

그는 또다시 회색 연필을 꺼내어 거울 위에 그 숫자를 덧붙여 썼다.

26,910,720,000초

그는 처음으로 엷은 웃음을 띄우며 말했다.

"이것은 당신이 원래 가지고 있던 전생애의 열 배가 되는 숫자입니다. 이것은 겨우 하루 두 시간씩 저축해서 모아진 것입니다. 어때요? 눈이 번쩍 뜨이는 제안이 아닌가요?"

"그렇군요! 의심할 여지 없이 멋진 제안입니다! 일찌감치 저축을 시작했어야 하는 건데, 난 참 불행한 놈입니다. 이제야 겨우 제대로 눈을 뜨다니. 솔직히 고백하자면 절망적입니다."

푸시는 어깨를 축 늘어뜨리고서 말했다.

"아니요, 낙담하실 필요가 전혀 없습니다."

회색 신사는 은근하게 말을 이었다.

"지금도 늦지 않았습니다. 생각이 그러시다면 오늘부터라도 시작하실 수 있지요. 아시게 되겠지만, 그럴 만한 가치가 있는 일입니다."

"하지요, 하구말구요. 어떻게 하면 되는지 가르쳐 주세요."

푸시는 큰 소리로 말했다.

외무사원은 눈살을 찌푸리며 말했다.

"저런, 시간을 어떻게 절약하는지는 아실 텐데요. 이를테면 모든 일은 재빨리 처리하고 모든 쓸데없는 일은 그만두는 것입니다. 이발소 고객한테도 한 시간을 쓰지 말고 15분 만에 끝내는 겁니다. 또 쓸데없는 잡담도 그만두십시오. 늙은 어머니와 앉아 있는 시간을 반 시간으로 줄입니다. 제일 좋은 것은 값싸고 좋은 양로원에 어머니를 맡기는 겁니다. 그럼 벌써 당신은 매일 꼬박 한 시간을 벌게 되지요. 그리고 쓸데없는 앵무새를 기르는 것도 그만둬요! 꼭 방문해야겠으면, 다리아양도 두 주일에 한 번만 찾아가십시오. 자기 전에 15분 동안 하는 하루의 반성도 집어치우시오. 그리고 무엇보다도 당신의 소중한 시간을 노래와 책 읽기 또는 당신의 친구들과 더불어 지내는 데 버리지 마십시오. 내친 김에 마지막으로 덧붙여 충고를 하나 더 하지요. 당신 조수의 노동 시간을 정확히 감시할 수 있게끔 크고 정확한 시계를 이발소에 걸어두십시오."

"좋습니다. 말씀하신 것을 모두 실천해 보겠습니다. 그렇지만 그렇게 해서 쓰고 남은 시간, 그 시간은 어떻게 하지요? 그걸 당신 은행으로 가져가야 하나요? 은행은 어디지요? 아니면 내가 그냥 보관해야 하나요? 어떻게 해야 됩니까?"

푸시가 물었다.

회색 신사는 두번째로 엷은 미소를 지으며 말했다.

"그 일이라면 조금도 걱정하지 마십시오. 그 점은 마음놓고 우리한테 맡기십시오. 당신이 절약한 시간은 1초도 틀림없이 전부 우리 은행으로 들어옵니다. 당신한테는 전혀 남아 있지 않습니다. 시작해 보면 곧 알게 됩니다."

"그렇습니까? 그렇다면 맡기겠습니다."

푸시는 알지도 못하면서 대답했다.

"마음놓고 맡기십시오, 선생."

외무사원은 가볍게 일어서며 말했다.

"그럼 이것으로 당신은 우리 시간저축은행의 고객이 된 것입니다. 이제 당신도 진짜 현대적이고 진보적인 인간 속에 들게 된 것입니다. 푸시 씨, 축하합니다!"

이렇게 말하고서 그는 모자와 가방을 들었다.

"잠깐! 계약서는 없습니까? 서명은 필요하지 않습니까? 무슨 서류 같은 것도 받지 않고요?"

푸시가 소리쳤다.

외무사원 XYQ/384/b호는 문께에서 몸을 돌리더니 약간 불쾌한 기색으로 푸시를 훑어보았다.

"그런 게 뭣 때문에 필요하지요? 시간 저축은 다른 종류의 저축과 비교될 수가 없습니다. 이것은 완전무결한 신뢰를 바탕으로 이루어지는 일입니다. 양쪽의 믿음에서 말이지요! 당신의 동의만으로도 충분합니다. 일단 동의한 것은 취소할 수가 없지요. 우리는 이제 당신의 절약에만 관여할 것입니다. 물론 당신이 얼마나 절약하느냐 하는 건 순전히 자신한테 달려 있습니다. 강요는 안 합니다. 안녕히 계십시오, 푸시 씨!"

이렇게 말하고 나서 외무사원은 타고 온 멋진 회색 승용차에 오르더니 붕 떠나가 버렸다.

푸시는 떠나는 차를 바라보며 이마를 닦았다. 다시 조금씩 따뜻해졌지만, 그는 몹시 기분이 나빠 구토증을 느꼈다. 외무사원의 작은 시가에서 뿜어나온 푸른 담배 연기가 아직도 방안에 자욱한 채 좀처럼 사라지지 않았다.

겨우 연기가 사라지고 나서야 비로소 푸시는 다시 기분이 나아졌다. 그런데 연기가 사라지면서 거울 위에 적힌 숫자도 점점 흐릿하게 바래져 갔다. 그리고 마침내 연기와 숫자가 완전히 사라져 버리자 회색 방문객에 대한 기억도 푸시의 머리 속에서 완전히 지워져 있었다. 하지만 지워졌던 것은 회색 신사에 대한 기억뿐 그때의 결정이 없어진 건 아니었다. 푸시는 그 결론을 이제는 자기 스스로가 결정한 것같이 여기게 되었다. 언젠가 지금과 다른 삶을 시작하기 위해서는 이제부터 시간을 절약해야겠다는 결심이 갈고리 달린 낚시 바늘처럼 그의 가슴속에 확실히 걸려 버렸다.

잠시 후 곧 이날의 첫 손님이 왔다. 푸시는 무뚝뚝하게 손님을 대했고 필요 이상의 서비스는 일체 생략하고 한마디 말도 없이 일했기 때문에 정말로 일이 20분 만에 끝났다.

그는 그 후 모든 손님을 그런 식으로 대했다. 그렇게 하다 보니 일은 하나도 재미가 없었다. 하지만 그런 것은 아무래도 상관없었다. 그는 젊은 조수 외에도 두 사람의 조수를 더 고용하고는 1초도 낭비하지 못하도록 엄격하게 감독했다. 하나하나의 손놀림도 정확히 시간표대로 해야만 했다. 푸시의 이발소 안에는 이제 다음과 같은 문구가 적힌 종이가 걸려 있었다.

시간을 절약하면 두 배가 되어 돌아온다.

그는 다리아양에게 시간이 없어서 유감스럽게도 방문을 하지 못하겠노라고 짧게 사무적인 편지를 썼다. 앵무새는 애완용 동물거래소에 팔아넘겼다. 그는 어머니를 잘돌봐 주지만 비용이 싼 양로원에 맡겼고 한 달에 한 번 방문했다. 그리고 그 밖에도 회색 신사가 한 모든 충고를 따랐다. 물론 그는 그 충고를 자기 자신이 내린 결론으로 생각하고 있었다.

그는 자주 짜증이 나서 점점 안정을 잃어가는 사람이 되었다. 왜냐하면 한 가지 알 수 없는 일이 있었기 때문이다. 사실상 그가 절약한 모든 시간은 조금도 남아 있는 적이 없었다. 그 시간은 마술처럼 흔적조차 없이 사라져 버리는 것이었다. 그의 하루하루는 처음엔 느낄 수 없이, 그러나 점차 확실히 느낄 수 있게 짧아져 갔다. 눈 깜짝할 사이에 어느새 일주일이 지나고, 한 달 한 해가 지나고, 다시금 또 한 해, 또 한 해가 흘러갔다.

그는 회색 신사가 방문한 사실을 까맣게 잊어버렸기 때문에, 자기의 모든 시간이 대체 어디로 가고 없는지에 대해 근본적으로 진지하게 생각해 봄직도 했지만 다른 모든 시간저축가들처럼 그도 역시 별로 이 점에 대해서 의문을 가지지 않았다. 이 상태는 마치 귀신에게 홀린 듯 무의식 속에 빠져들어 버린 것과

같았다. 어쩌다가 시간이 가속적으로 점점 빨리 흐른다는 것을 깨닫고 깜짝 놀랄 때에도 그는 무진 애를 써서 시간만 절약하려 하였다.

푸시와 같은 일이 어느새 대도시의 수많은 사람들에게서 일어 나고 있었다. 그 수가 많아질수록 사람들은, 실은 하고 싶지 않 지만 그럴 수밖에 없다고 체념한 듯 속도를 맞추게 되었다.

라디오와 텔레비전과 신문도 매일처럼 시간이 걸리지 않는 새로운 문명의 기계들이 가진 장점을 강조하고 선전했다. 이러 한 문명의 이기야말로 인간이 장차 '제대로 된' 삶을 살 수 있 도록 시간 여유를 가져다 준다는 것이었다. 빌딩의 벽과 광고탑 마다 행복에 대한 유혹적인 그림이 붙여졌고 그림 밑에는 다음 과 같은 글자가 번쩍이고 있었다.

시간 절약이야말로 행복에 이르는 길!
시간 절약에 미래가 있다!
당신의 생활을 풍요롭게 하기 위해서 시간을 절약합시다!

하지만 현실은 전혀 다른 모습이었다. 아닌게아니라 시간저 축가들은 저 원형극장 근처에 사는 마을 사람들보다 옷은 훨씬 잘 입고 있었다. 그들은 돈도 많이 벌었고, 더 많은 돈을 썼다. 하지만 그들은 한결같이 불쾌하고 피곤한 또는 화난 얼굴에다 매서운 눈초리를 하고 있었다.

그들은 물론 "아무튼 모모한테 가보게!"라는 말을 알 리가 없었다. 그들은 단지 이야기만 들어도 현명해지고 마음이 포근해지며 기분이 좋아지는 모모 같은 사람을 친구로 두지 못했던 것이다.

하지만 거기에 그런 사람이 있었다 한들 그들이 그 사람을 찾아갔을는지 의심스럽다. 용건이 단 5분 안에 처리될 수 있는 경우가 아니라면 그들은 그 시간을 아까워했을 것이다. 심지어 그들은 휴식 시간조차 조금도 낭비 없이 써야 한다고 생각했다. 그래서 그들은 그 시간 안에 될 수 있는 한 많은 오락으로 가득 채워야 했다.

그러자 그들은 축제를 제대로 즐길 수가 없게 되었다. 엄숙한 축제든, 즐거운 축제든, 그것을 꿈꾼다는 것 자체가 그들에게는 죄악에 가까운 것이었다. 그리고 그들이 가장 견디기 어려웠던 것은 고요함이었다. 적막감 가운데 있으면 불안이 덮쳐오기 때문이었다. 자기 자신의 생활이 어떻게 되어버리는지 마음 한구석에서나마 막연하게 뭔가 잘못되는 것이 아닌가 하고 느꼈기 때문이다. 그래서 그들은 적막감이 위협을 한다고 느끼면 항상 시끄러운 소리를 냈다. 하지만, 물론 이 소리는 어린이 놀이터에서와 같은 유쾌한 소리가 아니었고 날로 미쳐가는 것 같은 불쾌한 소리였다.

맡은 바 일이 즐겁다거나 애정을 갖고 일한다는 문제는 중요한 것이 아니었다. 오히려 그런 마음은 일을 방해하게 되었다. 중요한 것은 오로지 단 한 가지, 될 수 있는 한 짧은 시간에 최대한 많은 일을 해내는 것이었다.

큰 공장과 사무실에는 다음과 같은 표어가 걸려 있었다.

시간은 귀중하다—헛되이 하지 마라!
시간은 금이다—절약하라!

이것과 비슷한 표어는 과장의 작은 책상 위에도, 임원의 안
락의자 뒤에도, 의사의 진찰실 안에도, 상점, 음식점, 백화점,
심지어는 학교와 유치원에까지도 걸려 있었다. 누구 한 사람도
이 표어에서 빠져나가지 못했다.

그리고 마침내 대도시의 겉모습까지도 점점 달라져 갔다. 낡
은 구역은 철거되었고, 쉼터라고는 하나도 허용치 않는 새로운
건물들이 세워졌다. 사람들은 그 집 안에서 살 사람들에게 각기
어울리는 집을 짓는 수고를 덜어주었다. 그러자면 각각 다른 모
양의 집을 지어야 했을 텐데, 모두 똑같이 집을 지으면 훨씬 값
싸고, 무엇보다 시간이 절약되기 때문이었다.

대도시의 북쪽에는 벌써 엄청나게 큰 새 주택 구역이 완성되
었다. 거기에는 너무나 똑같아서 구별할 수 없는 고층 아파트들
이 멀리 눈에 들어오는 데까지 끝없이 세워졌다. 이렇듯 똑같은
집들 사이로 난 도로 역시 똑같은 형태를 이룰 수밖에 없었다.

이런 식의 단조로운 도로들이 부쩍부쩍 늘어났고 어느덧 일
직선으로 지평선에까지 뻗치게 되었다. 그것은 직선으로 연결
되어 있는 질서정연한 사막이었다! 그리고 그곳에 사는 인간의
생활도 역시 이와 똑같았다. 단지 일직선으로 지평선까지 뻗어

가는 생활! 거기서는 모든 것이 정확하게 계산되어 계획되고, 1 센티미터의 낭비도 1초의 낭비도 없었기 때문이다.

시간을 절약함으로써 결국 실제로는 전혀 엉뚱한 것을 아끼고 있다는 것을 깨닫는 사람은 하나도 없는 것 같았다. 어느 누구도 자기의 생활이 나날이 가난해지고, 획일화되고, 차가워져 간다는 것을 인정하려 들지 않았다.

하지만 이런 상황을 피부로 느끼기 시작한 것은 어린아이들이었다. 왜냐하면 그 어느 누구도 어린이와 놀아주기 위한 시간을 내지 못했기 때문이다.

그렇지만 시간은 바로 삶이었고, 삶은 인간의 마음 속에 자리잡고 있는 것이다.

그런데 사람들이 시간을 절약하면 할수록 생활은 점점 부족한 것이 많아졌다.

모모의 친구 방문과 적의 모모 방문

어느 날 모모는 이렇게 말했다.

"웬일인지 모르겠어. 정다운 친구들이 날 찾아오는 일이 이젠 점점 뜸해지는 것같이 느껴져. 오랫동안 못 본 친구들도 아주 많아."

관광안내원 지지와 도로청소부 베포가 폐허의 돌계단 위에 모모와 나란히 앉아서 지는 해를 바라보고 있었다. 지지가 생각에 잠긴 듯이 말했다.

"그래, 나도 똑같은 느낌이야. 내 이야기를 들으러 오는 사람들이 점점 줄어들어. 전 같지가 않아. 어쨌든 무슨 일인가 생겼어."

"그렇다면 무슨 일일까?"

모모가 물었다.

지지는 어깨를 으쓱하고는 낡은 석판 위에 자기가 써놓았던 몇 개의 글자를 깊은 생각에 잠긴 채 침으로 지웠다. 이 석판은 베포 할아버지가 2, 3주 전에 쓰레기통에서 주워 모모에게 가져다 준 것이었다. 물론 새 것이 아니었고 한가운데 커다랗게 금이 가 있었지만, 그래도 아직 충분히 쓸 수가 있었다.

그 후로 지지는 매일 알파벳 쓰는 방법을 모모에게 가르쳐 주었다. 모모는 비상한 기억력을 갖고 있었기 때문에 죄다 읽을 수 있게 되었다. 다만 아직 쓰기만은 서툴렀다.

도로청소부 베포는 모모의 질문에 대해 생각에 잠겨 있다가 곧 천천히 고개를 끄덕이며 이렇게 말했다.

"그래, 그건 사실이야. 점점 가까이 다가오고 있어. 도시 안은 벌써 완전히 그렇게 되어버렸어. 나는 벌써 오래 전부터 눈치채고 있었지."

"대체 무슨 일인데요?"

모모가 물었다.

베포 할아버지는 잠시 곰곰 생각하더니 대답했다.

"좋은 일은 아니야."

그리고 한참 뒤에 한마디 이렇게 덧붙였다.

"추워지고 있어."

"난 또 무슨 얘기라구! 그 대신 요즘은 점점 많은 아이들이 이곳으로 오고 있잖아요."

지지가 위로하듯 모모의 어깨를 감싸안으며 말했다.

"그래, 그러니까 말이야."

베포 할아버지가 말했다.

"그건 무슨 뜻이에요?"

모모가 물었다.

베포 할아버지는 한참 깊은 생각에 잠겨 있더니 이윽고 이렇게 대답했다.

"어린애들은 우리들 때문에 오는 것이 아니란다. 그저 피난처를 찾고 있을 뿐이야."

세 사람 모두 원형극장 한복판의 둥그런 풀밭을 내려다보았다. 거기에는 수많은 아이들이 모여 오늘 오후에 새로 생각해 낸 공놀이를 하고 있었다.

그중에는 모모의 옛 친구도 몇 명 섞여 있었다. 파올로라는 안경 쓴 소년, 꼬마 여동생 데데를 데리고 오는 소녀 마리아, 목소리가 여자애처럼 높은 뚱보 소년 마시모 그리고 언제 봐도 개구쟁이 같은 프랑코.

하지만 그들 외에도 불과 며칠 전부터 어울리기 시작한 다른 아이들이 여럿 있었고, 오늘 오후에 처음 온 꼬마 소년도 하나 있었다. 사실 겉으로 보아서는 지지가 말한 대로 원형극장에 모이는 어린이들이 하루하루 불어난 것에 불과했다.

원래 모모는 이런 사실을 기뻐해야 마땅하다. 하지만 이 어린이들의 대부분은 전혀 놀 줄을 몰랐다. 아이들은 내키지 않는 태도로 지루하게 주저앉아서 모모와 친구들을 구경하고 있었다. 때로는 일부러 모모와 친구들을 훼방하며 모든 걸 망쳐 놓았다.

말다툼을 하고 때리고 싸우는 일도 이젠 적지않게 벌어졌다. 물론 싸움이 오래 가진 않았다. 모모의 존재가 이 아이들에게도 역시 좋은 영향을 주었기 때문이다. 그래서 아이들은 곧 좋은 마음을 갖게 되고 신이 나서 어울려 놀기 시작하는 것이었다.

그런데 새로운 아이들이 몰려오는 것이 문제였다. 심지어 도시의 먼 지역에서도 아이들이 몰려왔다. 그러니 그때마다 똑같은 일이 되풀이되었다. 뻔한 일이지만, 한 사람의 훼방꾼이 다른 전체 아이들의 놀이를 온통 망쳐 놓기 일쑤였기 때문이다.

이 밖에도 모모가 잘 이해할 수 없는 점이 있었다. 그것 역시 최근에 시작된 일이지만, 아이들이 여러 가지 장난감을 들고 오는 일이 점점 늘어만 가는 것이었다. 이를테면 원격조정으로 달리게 하는 전차—하지만 그 이상은 전혀 도움이 되지 않았다. 또는 가느다란 막대기에 붙어 빙빙 원을 그리며 나는 우주 로켓 같은 것—이것도 다른 데는 쓸모가 없는 것이었다. 또는 눈에서 불꽃을 튕기며 걷거나 머리를 돌리는 미니 로봇—하지만 이것 역시 다른 데는 아무 소용이 없는 물건이었다.

물론 그중에는 모모의 친구들은—모모는 물론—도저히 가져 볼 수 없는 값비싼 장난감들도 있었다. 특히 그런 장난감들은 너무나 완벽하고 사소한 부분까지 정밀하게 만들어져서, 그걸 가지고 노는 아이가 놀면서 상상력을 발휘할 여지가 전혀 없었다.

그래서 아이들은 몇 시간이고 우두커니 앉아서 역시 지루하게, 털털거리거나 이리저리 굴러가거나 빙빙 돌아가는 장난감의 노예가 되어, 그러면서도 무료하게 바라보고만 있었다. 그렇게 놀다 보면 머리는 텅 비어가고 재밌는 생각이 전혀 떠오르지 않았다. 그래서 아이들은 결국 두서너 개의 나무 상자나 찢어진 행주 조각, 두더지가 쌓아올린 산이라든지 한 줌의 모래만으로도 충분했던 옛 놀이로 돌아왔다. 이런 것을 가지고 놀 때에는 풍부한 상상력으로 채울 수가 있었다.

오늘 저녁 역시 아이들은 재미가 없는 모양이었다. 아이들은 이것저것 시도해 보더니 체념하고 하나씩 둘씩 뿔뿔이 빠져나오더니 마침내 모두가 지지, 베포, 모모를 둘러싸고 앉았다. 그들은 지지가 이야기를 시작하길 원했던 것이다. 하지만 그럴 수가 없었다. 오늘 처음 나타난 한 소년이 트랜지스터 라디오를 가지고 왔기 때문이다. 그 아이는 다른 사람들과 좀 떨어진 곳에 앉아서 라디오를 한껏 틀어놓고 있었다. 그것도 상업 광고였다.

"그 귀찮은 라디오를 좀 작게 틀 수 없겠니?"

프랑코가 대들듯이 말했다.

"무슨 말인지 모르겠네. 내 라디오는 소리가 워낙 크게 나거든."

낯선 소년은 심술궂게 웃으며 말했다.

"당장 소리를 줄여!"

프랑코는 소리치며 벌떡 일어섰다.

낯선 소년은 약간 겁을 먹었다. 그러면서도 당당하게 이렇게 대꾸했다.

"넌 나한테 명령할 권리가 없어, 어느 누구도 마찬가지지만. 난 내 마음대로 내 라디오를 크게 틀 수 있는 자유가 있단 말야."

"그래, 그애 말이 맞다. 우린 그애한테 그걸 못 하게 할 수가 없어. 우리가 할 수 있는 건 기껏 부탁을 하는 거야."

베포 할아버지가 말했다.

"저 녀석은 어디 딴 곳으로 꺼져 버려야 해. 오늘 오후 내내 우리가 노는 걸 방해만 했어."

프랑코는 다시 주저앉았다. 그러고는 식식거리며 말했다.

"그애가 그러는 데는 까닭이 있을 게다. 분명코 이유가 있을 게다."

베포 할아버지는 조그마한 안경 너머로 소년을 다정하고 주의 깊게 바라보면서 말했다.

낯선 소년은 입을 다물고 있었다. 잠시 후 소년은 라디오 소리를 줄이고 얼굴을 돌리고는 어느 곳인가를 꼼짝 않고 지켜보고 있었다.

모모가 소년에게 다가가서 그 옆에 말없이 앉았다. 소년은 라디오를 껐다. 한동안 침묵이 계속되었다.

"얘기 하나 해주지 않을래요, 지지?"

새로 온 아이 중의 한 아이가 부탁했다.

"아, 그래요, 얘기해 주세요."

다른 아이들도 소리쳤다.

"재미있는 얘기로요!"

"아니, 무서운 얘기가 좋아!"

"아니, 동화를 해주세요! 모험 얘기를요!"

하지만 지지는 이야기할 기분이 나지 않았다. 처음 있는 일이었다.

지지는 말을 꺼내기 시작했다.

"그보다 난 오히려 너희들 이야기를 듣고 싶다. 너희들에 관해서, 너희들 집에 관해서, 너희들이 왜 이러는지, 왜 여기에 와 있는지."

아이들은 말이 없었다. 아이들의 얼굴은 갑자기 어두워지고 굳어졌다.

그러더니 마침내 한 아이의 소리가 들려왔다.

"우리는 아주 근사한 자동차를 샀어요. 토요일에는 엄마랑 아빠가 시간이 있으면 자동차를 닦아요. 우리가 얌전하다면 그 일을 돕게 하셔요. 나도 크면 그런 자동차를 갖고 싶어요."

이번엔 조그마한 소녀가 말했다.

"나는요, 이제 내가 가고 싶으면 매일 극장에 갈 수가 있어요. 우리 엄마 아빠는 모두 다 바쁘시기 때문에 그 대신 영화구경 갈 돈을 주지요."

한참 입을 다물고 있다가 소녀는 이렇게 덧붙였다.

"하지만 난 그게 싫어요. 그래서 극장에 가지 않고 몰래 여기로 오고 그 돈은 모으고 있어요. 돈이 충분히 모아지면 차표를 사서 일곱 난쟁이가 있는 데로 갈 수 있을 테니까요."

"넌 참 바보구나! 일곱 난쟁이란 없어."

한 아이가 말했다.

"있어! 여행 안내 팜플렛에도 나와 있던데."

꼬맹이 소녀는 덤벼들었다.

"나는요, 벌써 동화 레코드판을 열한 장이나 갖고 있어요. 난 그걸 듣고 싶을 때마다 들을 수 있어요. 전에는 아빠가 일이 끝나고 돌아오시면 매일 저녁 직접 얘기를 해주었지요. 그때가 좋았어요. 그렇지만 이젠 저녁때 아빠가 집에 계신 적이 없어요. 아니면 피곤해서 얘기할 기분이 안 난대요."

한 어린 소년이 말했다.

"그럼 너희 엄마는?"

마리아가 물었다.

"이젠 엄마도 하루 종일 집에 없어."

"그래. 우리집도 똑같아요. 그렇지만 다행스럽게도 나한텐 데데가 있어요."

마리아가 말했다. 소녀는 무릎에 앉아 있는 꼬마 동생에게 키스를 하고는 말을 이었다.

"학교에서 돌아오면 난 음식을 데워서 먹어요. 그리고 숙제를 해요. 그러고 나선……. 저, 그러고는 이렇게 밖에서 뛰어놀아요, 밤이 될 때까지. 대개는 여기로 오지요."

소녀는 어깨를 으쓱했다.

모든 아이들이 고개를 끄덕였다. 사실 조금씩 차이는 있지만 모두가 같은 형편이었던 것이다.

"난 사실 아주 만족스러워요. 우리 엄마 아빠가 바빠서 나를 돌봐줄 시간이 없는 게 말이에요. 틈만 나면 엄마 아빠는 싸우고, 그러면 나만 매를 맞거든요."

그러나 프랑코의 얼굴에는 기쁨의 기색이라곤 조금도 보이지 않았다.

그때 트랜지스터 라디오를 가진 소년이 불쑥 고개를 돌리더니 이렇게 말했다.

"하지만 난, 난 전보다 훨씬 많은 용돈을 받아요!"

"당연하지! 어른들은 그래. 그걸로 우리를 떼어놓으려고 해! 어른들은 이제 우리를 좋아하지 않아요. 그렇다고 자기네끼리 좋아하는 것도 아니에요. 이것도 저것도 다 싫어하는 것 같아요. 제 생각엔 그래요."

프랑코가 대답했다.

"그럴 리가 없어! 우리 엄마 아빠는 나를 굉장히 좋아해. 다만 바빠서 시간이 없으니까 어쩔 수 없을 뿐이지. 그런 거예요. 그래서 이렇게 나한테 트랜지스터 라디오까지 사 주신 거예요. 이건 굉장히 비싸요. 어쨌든 이것이 증거예요. 내 말이 틀렸나요?"

낯선 소년이 화가 나서 소리쳤다.

모두 말이 없었다.

그러더니 오늘 오후 내내 훼방꾼 노릇을 했던 그 소년이 갑자기 울기 시작했다. 소년은 울음을 참으려고 애쓰며 더러운 두 주먹으로 눈물을 훔쳤다. 하지만 소년의 뺨 위로 더러운 얼룩이 선명한 줄을 그리며 눈물이 줄줄 흘러내렸다.

다른 아이들은 동정 어린 시선으로 소년을 바라보거나 땅바닥으로 고개를 떨구었다. 이제 아이들은 소년을 이해하게 되었다. 사실은 모두가 소년과 같은 기분이었던 것이다. 그들은 모두가 버림받았다고 느꼈다.

"그래. 추워지고 있어."

베포 할아버지가 다시 한 번 말했다.

"난 다시는 여기 오지 못할지도 몰라요."

안경을 쓴 소년 파올로가 말했다.

"왜 못 온단 말이니?"

모모가 놀라서 물었다.

"우리 엄마 아빠가 아저씨들은 게으름뱅이에다 건달이라고 말했어요. 빈둥빈둥 시간을 보낸다고요. 그래서 시간이 많다고 그랬어요. 그리고 그런 사람이 세상에 너무 많으니까 다른 사람들이 점점 시간이 없어진다고요. 그러니 나더러 이제는 여기에 오지 말래요. 안 그러면 나도 아저씨들처럼 된대요."

그러자 그와 비슷한 소리를 들은 적이 있는 아이들 몇몇이 고개를 끄덕였다.

지지는 아이들을 하나씩 차례로 바라보았다.

"너희들도 우리가 그렇다고 생각하니? 그렇다면 왜 우리에게 오지?"

모두 잠시 말이 없다가 프랑코가 말했다.

"나는 아무래도 좋아요. 나도 크면 별수없이 노상 강도가 고작일 거라고 아빠는 늘 말하는걸요. 하지만 난 아저씨들 편이에요."

"아, 그래? 너희들은, 그러니까 우리를 시간이나 허비하는 건달로 여기는구나?"

지지는 눈썹을 치켜올리며 말했다.

아이들은 당황해서 시선을 떨구었다. 마침내 파올로가 뭔가 캐내려는 듯이 베포 할아버지를 똑바로 쳐다보며 조그마한 소리로 말했다.

"우리 엄마 아빠는 아무튼 거짓말은 안 해요."

그러고는 더욱 기어들어가는 소리로 다시 물었다.

"그럼 아저씨들은 건달이 아닌가요?"

그러자 도로청소부가 작은 몸집을 벌떡 일으켜세우고는 세 손가락을 하늘을 향해 올리고 가슴을 펴며 말했다.

"난 지금까지 결코, 내 평생에 단 한 번도, 한 순간이라도 사랑하는 하느님이나 다른 사람의 시간을 훔쳐본 적이 없어. 하느님께 맹세해도 좋아!"

"나도 그래!"

모모가 덧붙였다.

"나도!"

지지도 진지한 얼굴로 말했다.

아이들은 깊은 인상을 받은 듯 침묵을 지켰다. 어느 누구도 세 친구의 맹세를 의심하지 않았다.

"그런데 이번엔 내가 너희들한테 말하고 싶은 것이 있어."

지지가 입을 열었다.

"이전에는 사람들이 모두 즐겨 모모를 찾아와서 이야기를 들려주었어. 내가 말하는 걸 너희들이 이해할는지 모르겠다만, 그들은 그렇게 함으로써 자기 자신을 발견했던 거야. 그렇지만 이제 사람들은 그러기를 꺼리고 있어. 전에는 또 사람들이 늘 내이야기를 들으러 기꺼이 왔었지. 그렇게 함으로써 그들은 자기자신을 잊어버렸지. 그런데 이제는 모두가 그러기를 꺼리고 있어. 그런 일을 할 시간이 없다고 말하고 있어. 게다가 그들에게는 너희들을 위한 시간도 없어졌어. 알아듣겠니? 참 이상한 일이야. 뭣 때문에 그들에게서 시간이 없어졌는지 생각해 봐!"

지지는 이렇게 말하고서 눈을 가느다랗게 뜨고 고개를 끄덕였다. 그러고는 말을 이었다.

"얼마 전에 시내에서 옛날부터 알던 한 사람을 만났어. 이발사야. 푸시 씨라고. 한동안 못 만나긴 했지만 얼른 알아볼 수가 없었어. 그 사람이 그렇게 달라져 버리다니! 신경질을 부리고 무뚝뚝하고 즐거움을 잃은 모습이었어. 전에는 참 좋은 사람이었는데. 노래도 잘 부르고 무슨 일에 대해서든 아주 독특한 자기 생각을 갖고 있었는데. 그런데 그가 갑자기 아무 일도 할 틈이 나지 않는다는 거야. 그 사람은 다만 겉모습만 같을 뿐, 이미 예전의 푸시 씨는 전혀 아니었어. 알겠니? 그런 사람이 그 사람 하나라면 나는 그저 그가 약간 돌았거니 생각하겠어. 그렇지만 어딜 가도 그런 사람이 자꾸 눈에 띄어. 그리고 점점 그 숫자가 늘고 있어. 이젠 심지어 우리 친구들까지 그렇게 되기 시작했어! 나는 급속도로 퍼지는 전염성 정신병이 돌고 있는 게 아닌가 생각하고 있어."

베포 할아버지가 고개를 끄덕이며 말했다.

"맞는 말이야. 분명코 그건 전염병의 일종이지."

"하지만, 그렇다면 어쨌든 우리 친구들을 도와야겠네요!"

모모가 깜짝 놀라며 말했다.

그날 밤 아이들은 오랫동안 함께 자기네들이 할 수 있는 일이 무엇인가에 대해 이야기를 나누었다. 하지만 회색 신사 일당과 그들의 끊임없는 활동에 대해서는 아무것도 모르고 있었다.

그 다음날부터 며칠 동안 모모는 도대체 무슨 일이 일어나서 옛 친구들이 자기에게 오지 않는지 알아보기 위해 그들을 찾아 나섰다.

맨 먼저 미장이 니콜라를 찾아갔다. 모모는 니콜라가 살고 있는, 지붕 밑에 조그만 방이 있는 집을 잘 알고 있었다. 하지만 니콜라는 집에 없었다. 그 집에 살고 있는 다른 사람들의 얘기로는 니콜라는 도시 반대편의 대규모 신축 공사장에서 일을 해 돈을 많이 벌고 있다는 것이었다. 그는 이제 어쩌다가 한 번씩 집에 들어오며, 그것도 대개는 아주 늦은 시각이라는 것이었다. 게다가 요즘은 술에 취하지 않은 때가 드물고, 그래서 그를 예전처럼 대하기가 어려워졌다는 얘기였다.

모모는 그가 오기를 기다리기로 작정하고 그의 방 앞 계단에 앉았다. 날은 점점 어두워졌고, 모모는 깜빡 잠이 들었다.

벌써 밤이 깊었음에 틀림없었다. 모모는 비틀거리는 발걸음과 거친 노랫소리에 깨어났다. 계단을 비틀거리며 올라오는 사람은 바로 니콜라였다. 그는 꼬마 모모를 보자 당황한 듯 우뚝 그 자리에 섰다.

"아니, 모모 아냐!"

그는 신음하듯 말하다가 자기를 바라보는 모모의 얼굴을 보고 당황하는 표정을 지었다.

"아직 살아 있었군! 여기서 대체 뭘 하고 있지?"

"아저씨에게 볼일이 있어서요."

모모는 머뭇머뭇 대답했다.

"그래, 너밖에 없군그래!"

니콜라는 미소를 머금고 고개를 절레절레 흔들며 말했다.

"옛 친구 니콜라를 보러 이렇게 밤늦게 찾아오다니. 정말 참 오랫동안 너를 못 찾아간 것 같구나. 그렇지만 사실 시간이 없었어. 그런……개인적인 일에 신경을 쓸 만한……."

니콜라는 수선스럽게 손짓을 하며 모모 옆에 털썩 주저앉았다.

"이봐, 지금 내가 어때 보이니, 꼬마야? 전 같지가 않아. 시대가 변하고 있어. 내가 지금 일하는 데서는 모든 것이 여기와는 다른 속도로 움직이고 있어. 흡사 악마 같은 속도야. 매일매일 우리는 한 층씩의 집을 쌓아올려. 한 층 한 층씩……정말 전 같으면 어림도 없는 일이지! 모든 일이 조직적으로 이루어지고 있어. 손 하나 놀리는 것도 계획에 따라야 해. 이해하겠니? 하나하나가 모두 정해져 있거든……."

그는 계속 말을 이었고, 모모는 주의 깊게 그의 이야기에 귀를 기울였다. 그렇게 모모가 귀를 기울이는 시간이 길어질수록 그의 얘기는 힘이 점점 빠졌다. 갑자기 그는 말을 멈추고 못이

박힌 손으로 아무렇게나 얼굴을 문질렀다.

"하지만 이런 것들은 온통 부질없는 소리야."

그는 갑자기 슬프게 말했다.

"너도 보다시피, 모모, 또 이렇게 진탕 마셨어. 나도 알아. 요즘은 너무 자주 마셔. 안 그러고는 거기서 하는 일을 견딜 수가 없단다. 정직한 미장이한테는 양심에 어긋나는 일이야. 모르타르에 모래를 너무 많이 섞어, 알겠니? 그렇게 하면 4, 5년쯤 지탱할까? 그 다음엔 기침만 해도 와르르 무너질 거야. 온통 날림 공사야. 비열하기 짝없는 속임수야! 거기까지만 해도 참을 수 있어. 가장 한심한 건 우리가 짓고 있는 건물들이야. 그건 도대체 집이 아니야. 그건—사람이 담기는 관과 같아. 생각만 해도 속이 뒤집혀! 하지만 그 모든 게 나랑 무슨 상관이겠니? 난 거기서 돈을 벌면 그만이야. 아무튼 시대는 변하고 있어. 전에는 지금과는 달리 남에게 보여줄 수 있는 것을 지으면서 내 일에 대해 긍지를 느낄 수 있었어. 그런데 지금은…… 돈만 충분히 벌면 당장 이 일을 때려치우고 딴 일을 하겠어."

니콜라는 머리를 숙이고 침울하게 앞을 바라보았다. 모모는 아무 말 없이 오로지 그의 말에 귀를 기울이고 있었다.

"아마 난……."

니콜라는 한참 후에 말을 이었다.

"정말 너한테 한 번 가서 모든 걸 털어놨어야 했어. 그래, 정말 그랬어야 했어. 우리 내일 얘기하자, 응? 아니면 모레가 더 좋을까? 자, 어떻게 시간을 낼 수 있는지 사정을 봐야겠어. 그렇지만 가긴 꼭 갈 거야. 그럼 됐지?"

"좋아요."

모모는 기쁘게 대답했다. 그리고 둘은 헤어졌다. 두 사람 다 몹시 피곤했기 때문이다. 하지만 니콜라는 다음날도, 그 다음날도 오지 않았다. 아무리 기다려도 나타나지를 않았다. 아마 정말 시간이 없었던 모양이다.

그 다음으로 모모는 주점 주인 니노와 그의 뚱뚱보 아내를 찾아갔다. 입구에는 포도 덩굴로 뒤덮인 정자가 있고 비바람으로 얼룩진 벽에 낡고 작은 그의 집은 도시 변두리에 자리잡고 있었다.

전에도 늘 그랬듯이 모모는 마당 뒤로 돌아 부엌문 쪽으로 갔다. 문이 열려 있어서 니노와 그의 아내 릴리아나가 거칠게 말다툼을 하는 소리가 밖에까지 들려왔다. 릴리아나는 부뚜막에서 프라이팬과 냄비로 요리를 하고 있었다. 그녀의 살찐 얼굴이 땀으로 번들거렸다. 니노는 과장된 몸짓으로 아내에게 뭐라고 반론하고 있었다. 구석에서는 갓난아기가 바구니 속에 누워 자지러지게 울고 있었다.

모모는 살그머니 꼬마 옆에 앉았다. 그리고 꼬마를 들어 무릎에 앉히고 울음을 그칠 때까지 살랑살랑 흔들어 달랬다. 그러자 두 사람이 입씨름을 그치고 이쪽을 바라보았다.

"아, 모모, 너였구나. 와주어서 기쁘다."

니노는 부자연스럽게 미소를 지어 보였다.

"뭘 먹겠니?"

릴리아나가 약간 무뚝뚝하게 물었다.

모모는 고개를 가로저었다.

"그럼 도대체 무슨 일로 왔지? 사실 우리는 지금 너하고 어울릴 시간이 없어."

니노가 약간 신경질적으로 물었다.

"저는 한 가지 물어볼 게 있을 뿐이에요. 왜 아저씨 아줌마가 그토록 오래 제게 오지 않는지 말이에요."

모모가 나직이 대답했다.

"나도 모르겠다! 실은 지금 우리한텐 다른 걱정거리가 있어."

니노가 화난 음성으로 말했다.

"그래. 저이는 우스꽝스런 고민을 하고 있어! 어떻게 해서 늙은 단골 손님들을 몰아내 버리나 하는 것이 지금 저이의 고민거리란다! 모모, 전에 늘 구석 테이블에 앉아 있던 영감님들 생각나니? 저이가 그들을 모두 쫓아내 버렸어! 몰아내 버렸다고!"

릴리아나가 큰 소리로 말하며 냄비를 덜그럭거렸다.

"난 그렇게 하지 않았어! 난 아주 공손하게, 다른 술집을 찾아보시라고 부탁했을 뿐이야. 술집 주인으로서 그럴 권리가 있어."

니노가 변명하듯 말했다.

"권리, 권리라구요! 그런 일은 해서는 안 되는 거예요. 인간답지 못하고 비열해요. 그 영감님들이 다른 술집을 찾지 못하리라는 건 당신도 잘 알잖아요. 그 사람들이 우리 영업을 방해한 건 하나도 없어요!"

릴리아나가 화를 머리끝까지 내면서 덤벼들었다.

"물론 그 자들이 방해한 거야 없지! 사실은 말하자면 그 지저분한 늙은 영감탱이들 때문에 돈 잘 쓰는 착실한 고객들이 우리 집에 안 오는 게 문제지. 그런 몰골을 보고 무슨 술맛이 나겠어? 저녁 내내 앉아 있으면서 한 사람이 겨우 포도주 한 잔씩밖에 안 마시고 그것도 제일 싸구려 적포도주만 마시니, 그것으로는 벌이가 안 되잖아! 그래가지고는 성공할 수 없단 말이야."

니노가 소리쳤다.

"지금까지 우린 그럭저럭 살림을 아주 잘 꾸려왔잖아요."

릴리아나가 되받았다.

"지금까지는 그랬지!"

니노가 거칠게 되받아 공격했다.

"하지만 당신도 잘 알다시피 앞으로는 그럴 수가 없어. 집주인이 집세를 올렸어. 이제부턴 전보다 3분의 1이나 더 물어야 해. 물가도 오르고 있고. 그런데 우리 가게를 가난한 수다쟁이 영감 수용소로 만들어버린다면, 난 도대체 어디서 돈을 벌 수 있겠어? 무엇 때문에 내가 다른 사람 일까지 걱정해야 하나? 내 걱정을 해주는 사람은 아무도 없는데."

뚱보 릴리아나는 탕 소리가 나도록 거칠게 프라이팬을 부뚜막에 올려놓았다.

"나도 할 말이 있어요. 당신이 말한 대로 그 지저분하고 늙은 영감탱이 중에는 에토레 아저씨도 들어 있었어요! 당신이 우리 집안을 모욕하는 걸 난 참을 수가 없어요! 당신의 그 잘난 돈 잘

쓰는 고객만큼 부자는 아니지만 아저씨는 착하고 진실된 분이에요."

그녀는 두 팔을 굵은 허리에 얹고 떡 버티고 서서 소리쳤다.

"에토레 아저씨야 얼마든지 우리집에 와도 좋지! 난 아저씨께 술 생각이 나시면 언제든지 오셔도 좋다고 말했어. 그렇지만 아저씨가 가시려고 한 거라고."

니노는 과장된 몸짓을 하며 대답했다.

"그거야 당연한 일이죠, 아저씨가 친구가 없는데 무슨 재미로! 무슨 얘기를 하고 있는 거예요? 아저씨가 저쪽 구석에 혼자 웅크리고 앉아 계셔야 한단 말이에요?"

"그렇지만 어쩔 수가 없잖아!"

니노가 고함을 쳤다.

"어쨌든 난 초라한 주점 주인으로 한평생을 끝마칠 생각은 없어. 당신 아저씨 에토레를 생각해 주느라고 말야! 나는 내 일생에 뭔가 이루어놓고 싶어! 이게 무슨 죄라도 짓는 건가? 나는 이 가게를 번창시키겠어! 내 술집을 크게 키우겠어? 이건 나만을 위해서가 아니야. 당신과 우리 아이들을 위해서이기도 해. 그래도 도저히 못 알아듣겠어, 릴리아나?"

"못 알아듣겠어요. 그렇게 냉정해야만 되는 거라면, 그런 식이라면 나는 싫어요! 그럼 난 언제고 훌쩍 나가 버리겠어요. 맘대로 하세요!"

릴리아나가 단호하게 말했다.

이렇게 말하고서 그녀는 모모의 무릎에서 다시 울기 시작한 갓난아이를 빼앗아 안고 부엌에서 뛰쳐 나갔다. 니노는 한참 말이 없었다. 그는 담배에 불을 붙이더니 그것을 손가락에 끼우고 비틀며 만지작거렸다.

모모는 그를 물끄러미 바라보았다.

그는 잠시 후에 입을 떼었다.

"그들은 참 좋은 영감님들이었어. 나 역시 그 분들을 참 좋아했지. 이봐, 모모, 정말 나도 참 마음이 언짢았어. 내가……그렇지만 어떻게 하겠어? 시대가 이렇게 빨리 변해 가고 있는걸."

그는 담배 연기를 날리고 다시 말을 이었다.

"어쩌면 릴리아나의 말이 옳을지도 몰라. 그 노인네들이 오지 않고부터는 내 술집이 어쩐지 나한테도 낯설게 느껴져. 춥게 느껴진다고, 알겠니? 나도 그걸 견딜 수가 없어. 어떻게 해야 할지 정말 모르겠어. 그렇지만 요즘엔 누구나가 다 그런단다. 뭣 땜에 나 혼자만 튀겠어? 아니, 너도 나만 그렇게 하길 바라니?"

모모는 가볍게 고개를 끄덕였다.

니노는 모모를 바라보며 동시에 고개를 끄덕였다. 그리고 두 사람은 함께 미소를 지었다.

"와주어서 정말 고맙다. 전에는 그런 일이 생기면 '아무튼 모모한테 가보게!' 하고 늘 얘기했었는데, 그것도 까맣게 잊고 있었어. 하지만 다시 갈게, 릴리아나랑. 모레는 우리 가게가 노는 날이야. 그때 갈게, 괜찮지?"

니노가 말했다.

"좋아요."

모모가 대답했다.

그러고 나서 니노는 집으로 돌아가는 모모에게 사과랑 오렌지를 한 봉지 가득 내주었다. 모모는 집으로 돌아갔다.

다음다음날 과연 니노와 뚱뚱보 아내가 모모를 찾아왔다. 갓난아이와 함께, 여러 가지 맛있는 것을 한 바구니 가득 가지고.

"이봐, 모모, 들어봐. 니노가 에토레 아저씨랑 다른 노인네들을 한 사람 한 사람 찾아가 용서를 빌고 다시 오시도록 간청했어."

릴리아나가 기쁨에 가득 차서 말했다.

"그렇게 했어."

니노는 빙그레 웃으며 귓등을 긁적거리며 덧붙였다.

"모두 다 다시 오게 됐지. 가게는 더 커지지 않을는지도 모르지만 그래도 다시 내 마음에 드는 가게가 됐어."

그가 크게 웃자 아내가 말했다.

"걱정 없어요. 우리는 어쨌든 계속 살아갈 수 있어요, 니노."

날씨가 아주 화창한 오후였다. 둘은 돌아갈 때 곧 다시 오겠다고 약속했다.

그렇게 모모는 옛 친구들을 차례차례 찾아다녔다. 그 옛날 상자 판대기로 꼬마 책상과 의자를 짜맞춰 준 목수를 찾아갔다. 그리고 침대를 갖다 준 아주머니들도 찾아갔다. 모모는 모든 사람들, 이전에 그들의 이야기를 귀기울여 들어주었고 모모와 이

야기를 하다가 스스로 현명한 결단과 기쁨을 찾아내고 즐거워
하던 모든 사람들을 찾아보았다.

그들은 모두 다시 찾아오겠다고 약속했다. 그중의 몇 사람은
약속을 지키지 않았거나, 또는 지키지 못한 사람도 있었다. 시
간이 없었던 것이다. 하지만 정말로 와준 옛 친구들도 많았다.
그리하여 전과 다름없는 만남이 지속되었다.

그 때문에 모모는 자신도 알지도 못하는 사이에 회색 신사들
에게는 방해꾼이 되어 있었다. 이런 훼방꾼을 회색 신사들은 그
냥 두고 볼 수가 없었다.

그리고 얼마 후—유난히 더운 한나절이었다—모모는 폐허의
돌계단에서 인형을 하나 발견했다.

요즘에는, 모모라면 절대로 가지고 놀 수도 없는 값비싼 장
난감을 어쩌다 놓고 가는 일이 흔히 있었다. 하지만 모모는 이
인형은 어떤 아이가 가지고 있었는지 본 기억이 없었다. 그것은
분명히 눈에 확 띄는 물건이었다. 만일 누가 가져온 것이라면
모모도 알고 있었을 것이다. 어쨌든 이 인형은 아주 특이한 인
형이었기 때문이다.

인형의 크기는 거의 모모만 했고, 사람과 혼동할 정도로 똑
같이 만들어져 있었다. 하지만 그것은 어린이나 갓난애의 모습
이 아니라 멋진 젊은 숙녀나 진열장의 마네킹 같은 모습이었다.
짧은 빨간옷을 입고, 끈으로 매는 굽 높은 구두를 신고 있었다.

모모는 넋을 잃고 인형을 뚫어지게 바라보았다. 그리고 한참

후 손으로 건드리자 인형은 몇 번 눈꺼풀을 껌벅껌벅하더니 입을 움직여 말했다. 전화에서 울려 나오는 듯한 음성이었다.

"안녕, 난 비비걸이야, 완전무결한 인형이야."

모모는 깜짝 놀라 흠칫 물러섰다. 하지만 곧 무의식중에 대답을 했다.

"안녕, 난 모모야."

그러자 인형은 다시금 입술을 달싹이며 말했다.

"나는 네 것이야. 나를 가지면 모두가 널 부러워할 거야."

"네가 내 것이라니, 믿을 수가 없어. 누군가 널 깜박 잊고 여기 놓고 간 것 같아."

모모가 말했다.

모모는 인형을 들어올렸다. 그러자 인형은 다시 입술을 달싹이며 말했다.

"난 더 많은 물건을 갖고 싶어."

"그래?"

모모는 대답하고 생각에 잠겼다가 말했다.

"모르겠어. 내가 가진 물건 중에 네게 맞는 게 있는지 잠깐만 있어 봐. 내 물건을 보여줄게. 네 마음에 드는 게 있으면 말해 봐."

모모는 인형을 안고 돌계단을 내려가 성벽의 구멍을 비집고 자기 방으로 기어내려갔다. 그리고 온갖 보물이 든 상자를 침대 밑에서 꺼내어 비비걸 앞에 밀어놓았다.

"이봐. 이게 내가 가진 전부야. 맘에 드는 게 있으면 얘기만 해."

예쁜 새 깃털과 예쁜 무늬의 조약돌, 금빛 단추, 색유리 한 조각, 이런 것을 차례차례로 보여주었다. 인형이 아무 말도 안 하자 모모는 인형을 툭 쳐봤다. 그러자 인형이 또다시 말했다.

"안녕, 난 비비걸이야. 완전무결한 인형이야."

"그래 이미 알고 있어. 하지만 넌 뭔가 고르겠다고 했잖아, 비비걸. 여기 참 예쁜 분홍색 조개가 있어. 어때?"

"나는 네 것이야. 나를 가지면 모두가 널 부러워할 거야."

인형이 대답했다.

"그래, 그 말도 벌써 했잖니, 내 물건 중에 네 마음에 드는 게 없으면 우리 그냥 같이 놀면 어떻겠니?"

인형이 다시 되풀이했다.

"난 더 많은 물건을 갖고 싶어."

"이것말고는 내겐 없어."

모모는 이렇게 말하고 인형을 안고 다시 바깥으로 기어나왔다. 거기서 모모는 완전무결한 인형 비비걸을 땅바닥에 앉히고 서로 마주 앉았다.

"이제 우리 손님놀이를 하자."

모모가 제안을 했다.

그러자 인형이 말했다.

"난 비비걸이야, 완전무결한 인형이야."

"아이구, 찾아주셔서 반갑군요! 어디서 오셨나요, 아가씨?"

모모가 대답했다.

"나는 네 것이야. 나를 가지면 모두가 널 부러워할 거야."

비비걸은 말을 했다.

"안 돼. 이것 봐, 네가 맨날 똑같은 말만 하면 손님놀이를 할 수가 없잖니."

"난 더 많은 물건을 갖고 싶어."

인형은 눈을 껌벅거리며 말했다.

모모는 다른 놀이를 해보았다. 그리고 그것도 잘되지 않자 또 다른 놀이를 해봤고, 수없이 많은 다른 놀이를 하려고 애를 썼다. 하지만 어떻게 할 도리가 없었다. 인형이 차라리 아무 말도 안 했다면 모모가 인형 대신 대답을 해줄 수 있었을 테고 더없이 재미있는 이야기가 생각났을는지도 모른다. 하지만 반복되는 말 때문에 모든 대화가 방해를 받았다.

얼마 후, 모모는 지금껏 한 번도 느껴보지 못한 감정에 사로잡혔다. 그리고 자기로서는 처음 맛보는 느낌이었기 때문에 한참 후에야 그 감정이 지루함이라는 것을 깨달았다.

모모는 어쩔 줄 몰랐다. 그럴 수만 있다면 그 완전무결한 인형을 그냥 내팽개쳐두고 다른 놀이를 하고 싶은 마음이 간절했다. 하지만 무슨 이유에선지 인형을 떨쳐버릴 수가 없었다.

결국 모모는 그냥 주저앉은 채 인형을 뚫어지게 바라보았다. 인형 편에서도 푸른 빛 유리 눈알로 모모를 뚫어지게 마주 바라보았다. 마치 양쪽 모두 다 최면에 걸려 있는 것 같았다.

모모는 가까스로 마음을 정하고는 인형에게서 시선을 돌렸다. 순간 모모는 흠칫 놀랐다. 전혀 알아채지 못했는데, 웬 멋진 잿빛 승용차가 기척도 없이 바로 곁에 와 있지 않은가. 자동차 안에는 거미줄 빛깔의 양복을 입고 회색 중산모를 쓴 한 사나이가 작은 회색 시가를 물고 앉아 있었다. 얼굴까지도 잿빛 그대로였다.

그 사나이는 아까부터 모모를 관찰하고 있었음에 틀림없었다. 모모가 돌아보니 웃음을 지으며 고개를 숙였다. 무척 더운 한낮이었고 햇볕 때문에 대기가 찌는 듯 이글거리고 있었는데도 모모는 갑자기 냉기를 느꼈다.

그 사나이는 자동차 문을 열고 밖으로 나와 모모에게 다가왔다. 그의 손에는 납회색의 서류 가방이 들려 있었다.

"네가 가진 인형은 참 예쁘구나! 네 놀이친구들이 모두 널 무척 부러워하겠다."

그는 특이한, 그러면서도 억양 없는 음성으로 말했다.

모모는 다만 어깨를 으쓱했을 뿐 말을 하지 않았다.

"틀림없이 굉장히 비싼 거겠지?"

회색 사나이는 말을 계속했다.

"모르겠어요. 그냥 주운 거예요."

모모가 당황해서 중얼거렸다.

"그래! 정말 너는 행운아로구나."

회색 사나이가 말했다.

모모는 여전히 말없이, 너무 커서 헐렁한 남자 저고리를 꼭꼭 여미었다. 추위가 점점 강하게 느껴졌기 때문이다.

회색 사나이는 엷은 웃음을 띄우며 말했다.

"그런데 내가 보기에는 넌 별로 기뻐하는 기색이 아니구나, 꼬마야."

모모는 살그머니 고개를 끄덕했다. 갑자기 모든 기쁨이 세상에서 영원히 사라진 것 같은, 아니 세상에 기쁜 일이라고는 전혀 없는 것 같은 느낌이 들었던 것이다. 그리고 모모 스스로가 기쁨이라고 여겼던 모든 것은 헛된 생각에 지나지 않았던 것처럼 느껴졌다. 하지만 그와 동시에, 그게 아니라고 자기에게 어떤 경고를 해주는 소리를 들은 것도 같았다.

"나는 아까부터 널 지켜보고 있었다."

회색 사나이가 말을 이었다.

"그런데 넌 저렇게 값비싸고 좋은 인형이랑 노는 방법을 전혀 모르는 것 같더구나. 내가 가르쳐 줄까?"

모모는 깜짝 놀라 그 사나이를 쳐다보고는 고개를 끄덕였다.

"난 더 많은 물건을 갖고 싶어."

인형이 느닷없이 지껄였다.

"자, 이것 봐, 꼬마야. 인형이 너에게 말을 걸고 있잖니. 이렇게 비싸고 좋은 인형은 다른 보통 인형하고 다르게 놀아야 해. 그거야 당연하지. 이 인형이랑 지루하지 않게 놀려면 인형한테 뭘 갖다 줘야 해. 이것 봐, 꼬마야!"

그는 자동차로 가더니 뒤쪽 트렁크를 열었다.

"우선 옷이 많이 있다. 이것 봐, 여기 아주 화려한 야회복이 있구나."

그는 야회복을 꺼내서 모모에게 던져 주었다.

"또 진짜 밍크 외투도 있어. 이건 비단 가운, 테니스복, 스키복, 수영복 그리고 승마복, 잠옷, 속옷, 이것은 원피스, 또 하나. 이건 또 다른 것. 또……."

그는 계속 여러 가지 옷을 모모와 인형 사이로 던졌다. 어느새 옷가지들이 수북이 쌓였다.

그는 다시금 엷은 미소를 지으며 말했다.

"자, 이걸로 일단 한참 놀 수가 있어. 그렇지, 꼬마야? 그렇지만 그것도 며칠 뒤에는 지루해질 것 같지 않니? 그럼 너는 또 인형 몫으로 다른 물건을 장만해서 놀면 돼."

그는 다시 트렁크 위로 몸을 굽히더니 다른 물건들을 모모한테 던졌다.

"이것 좀 봐. 여기 진짜 미니 립스틱이랑 분첩이 들어 있는, 진짜 뱀 가죽으로 된 미니 핸드백이 있어. 이것은 미니 카메라. 이것은 라켓. 이건 인형용 TV. 제대로 보이지? 이건 팔찌, 목걸이, 귀걸이, 인형용 권총, 비단 스타킹, 가죽모자, 밀짚모자, 봄철 모자, 미니 골프채, 미니 수표, 미니 향수병, 목욕용 향료, 마사지용 스프레이……."

그는 여기서 잠깐 말을 멈추고, 온갖 물건과 땅바닥 틈에 얼이 빠져버린 듯이 앉아 있는 모모를 탐색하듯 유심히 바라보았다.

"알았지? 아주 간단해. 이렇게 점점 더 많은 물건이 있으면 돼. 그럼 전혀 지루하지 않지. 혹시 언젠가는 이 완전무결한 비비걸이 모든 것을 갖게 되고, 그러면 결국 또 지루해질 거라는 생각이 들는지 모르겠구나. 하지만 그렇지 않아, 꼬마야. 그건 조금도 걱정할 게 없어. 여기 비비걸에 어울리는 짝이 하나 있거든."

회색 사나이가 말을 했다.

그리고 그는 트렁크에서 다른 인형을 하나 꺼냈다. 그것은 비비걸과 같은 크기에 똑같이 완벽한 인형이었는데, 젊은 남자 인형이었다. 회색 사나이는 그 남자 인형을 완벽한 인형 비비걸 옆에 앉히고는 이렇게 설명했다.

"이건 부비보이야! 이 인형한테도 많은 물건들이 있지. 그리고 그것들도 다시 지루해지면 비비걸의 또 다른 여자 친구가 있지. 이 친구 인형도 꼭 자기한테만 맞는 전용 물건들이 있어. 그리고 부비보이한테도 짝이 맞는 남자 친구가 있어. 그 친구 역시 남자 친구와 여자 친구들이 있고…… 알겠지? 결코 지루할 수가 없어. 이렇게 끝없이 계속 지루함을 메꿔줄 수 있으니까 말야. 네가 갖고자 하는 건 뭐든지 다 있게 마련이야."

이렇게 말하면서 그는 인형을 하나씩하나씩 차례로 자동차 뒤 트렁크에서 꺼냈다. 그 안에는 물건이 산더미처럼 들어 있는 것 같았다. 그러고 나서 그는, 여전히 꼼짝 않고 앉아서 겁에 질린 듯이 자기를 바라보고 있는 모모에게로 몸을 돌렸다.

사나이는 입을 열어 짙은 시가 연기를 내뿜었다.

"자, 이런 인형이랑 노는 법을 이제 알았니?"

"그건 잘 알겠지만."

모모는 이렇게 말하며 추위에 못 이겨 덜덜 떨기 시작했다.

회색 사나이는 만족스레 고개를 끄덕이며 시가를 빨아들였다.

"물론 넌 이 예쁜 물건들을 몽땅 갖게 되면 기쁘겠지? 자, 좋다, 모두 너에게 주마! 전부 주겠다. 하지만 지금 당장이 아니고 하나씩 차례로. 그리고 더 많이, 훨씬 많이. 그것에 대해 네가 뭔가 보답을 할 필요는 없어. 내가 설명해 준 대로 그냥 그것을 가지고 놀기만 하면 돼. 자, 뭐 할 말이 있니?"

회색 사나이는 반응을 기대하면서 모모에게 미소를 건넸다. 하지만 모모가 아무 말도 않고 심각한 표정으로 그를 마주 보자, 그는 성급하게 덧붙였다.

"그렇게 되면 넌 더 이상 친구들이 필요없게 되는 거야, 그렇지? 이 예쁜 물건들이 있고 언제라도 더 가질 수 있다면 너는 충분히 재미있게 놀 수 있겠지, 응? 너도 그렇게 하고 싶지? 이 신기한 인형을 갖고 싶지? 굉장히 갖고 싶지, 응?"

모모는 자신이 어떤 싸움을 하고 있다는 것을, 아니, 어느새 싸움 한가운데 빠져들었음을 어렴풋이 느꼈다. 하지만 무엇 때문에 벌어진 싸움인지, 누구를 상대로 한 싸움인지는 알 수가 없었다. 사실 이 낯선 방문객의 얘기에 귀를 기울이면 기울일수록 아까 인형과 놀 때처럼 그런 기분에 빠져들었다. 떠들고 있는 음성만이, 오로지 말소리만 들려올 뿐 무턱대고 요구만 하니 그 말을 하는 사람은 느껴지지가 않는 것이었다. 모모는 고개를 가로저었다.

"대체 왜 그러지, 응?"

회색 사나이는 눈썹을 치켜올리며 물었다.

"이래도 만족스럽지 않다는 거니? 요새 어린애들은 정말 무턱대고 요구만 하는구나! 이 완벽한 인형이 대체 또 뭐가 부족한지 말해 줄 수 있겠니?"

모모는 발밑에 시선을 떨구고 생각에 잠겼다.

잠시 후 모모는 조그만 소리로 말했다.

"제 생각에는 이 인형을 사랑할 수가 없을 것 같아요."

회색 사나이는 한참 대꾸가 없었다. 그는 인형처럼 무표정하게 앞을 뚫어져라 하고 바라보았다. 그러더니 곧 자신을 억누르고 냉혹하게 말했다.

"그런 건 도대체 문제가 되지 않아."

모모는 상대의 눈을 살펴보았다. 이 사나이는 왠지 사람을 불안하게 만들었다. 특히 그 눈초리에서 뿜어나오는 한기가 더욱 그랬다. 하지만 어찌 된 일인지 이유는 알 수 없지만, 이 회색 사나이가 가련하게 느껴졌다.

이윽고 모모는 말했다.

"하지만 나는 내 친구들을 사랑해요."

회색 사나이는 별안간 이가 아프기라도 한 듯 얼굴을 찡그렸다. 하지만 곧 다시 자신을 억제하고 면도날과 같은 엷은 미소를 지었다.

잠시 후 그는 다정하게 말했다.

"내 생각에 우리들은 서로 얘기를 나누어야 할 것 같다, 꼬마야. 넌 중요한 게 뭔지 알아야 할 것 같구나."

그는 회색 주머니에서 수첩을 꺼내 뒤적이더니 무언가를 찾아냈다.

"네 이름이 모모지, 응?"

모모는 고개를 까딱였다. 회색 사나이는 수첩을 탁 덮더니 주머니에 다시 넣고 숨을 몰아쉬고는 모모 옆 땅바닥에 앉았다. 한동안 그는 아무 말 없이 생각에 잠긴 채 조그만 회색 시가 연기만을 뿜어댔다.

"자, 모모야, 내 말을 잘 들어봐라!"

그가 간신히 입을 열었다.

모모는 사실 지금까지 그의 말을 귀기울여 들으려고 무척 애를 썼다. 하지만 이때까지 모모가 귀기울여 들어온 그 어느 누구의 얘기보다도 이 사나이의 얘기에 귀기울이는 일은 훨씬 힘들었다.

다른 사람의 경우에는 그야말로 얘기하는 이의 마음 속으로 완전히 들어가, 그 사람의 생각과 그 사람의 참뜻을 이해할 수가 있었다. 그런데 이 낯선 방문객을 상대로는 아무래도 그렇게 할 수 없었다. 애를 쓰고 귀를 기울여도 도대체 거기엔 아무도 없는 것처럼 텅 빈 어두운 허공 속으로 굴러떨어지는 듯한 느낌이 들었다. 이런 일은 처음이었다.

"인생에서 중요한 것은 단 한 가지야."

사나이가 말을 이었다.

"뭔가를 이루느냐, 무엇이 되느냐, 얼마나 많은 것을 갖느냐 하는 거야. 다른 사람보다 성공하고 더 출세한 사람, 더 많이 가진 사람한테는 나머지는 자연히 따라오게 마련이야. 친구, 사랑, 명예 등등. 너는 아까 친구들을 사랑한다고 말했지? 우리

한 번 아주 냉정하게 그것에 대해 생각해 보자."

회색 사나이는 공중에 대고 몇 차례 담배 연기를 동그랗게 뿜어댔다. 모모는 맨발을 치마 밑으로 감추고, 될 수 있는 한 커다란 저고리를 끌어당겨 앞에서 여미었다.

회색 사나이는 다시 입을 열었다.

"첫째 문제는 이거야. 너라는 존재가 도대체 네 친구들에게 어떤 이익을 주고 있니? 어떤 도움을 주고 있니? 아무런 도움이 안 돼. 친구들이 성공하고, 더 많은 돈을 벌고, 훌륭하게 되는 것을 돕고 있니? 분명히 그렇지 않지. 친구들이 시간을 절약하려고 애쓰는 걸 도와주고 있니? 넌 정반대야. 너는 친구들을 모든 일에서 떼어놓고 앞으로 나아가는 것을 방해하고 있어! 어쩌면 지금까지 넌 의식하지 못하고 그랬는지도 모르지, 모모. 어쨌든 너는 이곳에 있는 것만으로도 네 친구들에게 해를 끼치고 있는 거야. 그래, 너는 실제로는 원하지 않았지만 자신도 모르는 새에 친구들의 적이 되어 있어! 그러고도 너는 그걸 사랑하는 거라고 착각하고 있다고."

모모는 뭐라고 대답을 해야 할지 알 수가 없었다. 모모는 지금껏 한 번도 이런 식으로 생각해 본 적이 없었기 때문이다. 한순간, 그녀는 자신이 없어졌고 이 회색 사나이가 옳을지도 모른다고까지 흔들렸다.

"그래서 우리는 너로부터 네 친구들을 보호하려고 하는 거야. 네가 진정으로 친구들을 사랑한다면 우리가 하는 일을 도와주렴. 우린 그들 모두를 성공하게 해주고 싶다. 우리야말로 그들의 참된 친구인 셈이지. 네가 그들을 중요한 모든 일로부터 떼어놓는 것을 우린 그냥 가만히 앉아서 구경만 할 수가 없어. 우린 네가 그들을 내버려두기를 바라는 거야. 그래서 너한테 이 예쁜 장난감을 몽땅 선물하는 거다."

"우리가 누군데요?"

모모는 입술을 덜덜 떨며 물었다.

"우리는 시간저축은행의 사원들이야. 나는 외무사원 BLW/553/c호야. 나는 개인적으로 너한테 호의를 갖고 있기 때문에 널 이렇게 대하는 거야. 사실 시간저축은행을 어리숙하게 본다면 가만두지 않을 거야."

회색 사나이가 대답했다.

이 말을 듣자, 모모는 문득 베포 할아버지와 지지가 시간절약과 전염병에 대해 하던 얘기가 떠올랐다. 그러자 이 회색 사나이가 그 일과 관계가 있을 것이라는 무서운 예감이 엄습해 왔다. 그리고 두 친구가 지금 곁에 있었으면 하는 생각이 간절해졌다. 지금껏 한 번도 외로움을 느껴본 적이 없는 모모였다. 하지만 어쨌든 모모는 불안해하지 말자고 마음을 다잡았다. 그래서 온 힘과 용기를 모아 회색 사나이가 몸을 감추고 있는 어둠과 공허 속으로 직접 뛰어들었다.

그 사나이는 모모의 모습을 곁눈으로 관찰하고 있었다. 그리고 모모 표정의 변화를 놓치지 않았다. 사나이는 차가운 미소를 지으며 회색 시가의 꽁초로 새 시가에다 불을 붙였다.

"공연히 헛수고하지 마라. 넌 우리를 상대로 싸울 수 없어."

하지만 모모는 체념하지 않았다.

"그럼, 아저씨를 사랑하는 사람은 아무도 없나요?"

모모가 속삭이듯 말했다.

회색 사나이는 몸을 구부리며 갑자기 풀이 죽어 어깨를 내려뜨렸다. 그리고 이어서 잿빛 음성으로 대답했다.

"너 같은 사람은 지금껏 한 번도 만나 본 적이 없었다는 걸 고백하지 않을 수 없구나. 정말로 없었어. 사실 난 굉장히 많은 사람을 알고 있는데 말야. 너 같은 사람들이 많다면 우리 시간저축은행은 곧 문을 닫고 우리들도 없어져야 할 판이지…… 뭘 가지고 우리가 더 이상 버틸 수 있겠니?"

회색 신사는 말을 멈추고 모모를 뚫어지게 바라보았다.

그는 자신도 이해할 수 없는, 꺾을 수 없는 무엇에 맞서 싸우고 있는 듯이 보였다. 그의 얼굴엔 더욱 짙은 잿빛이 드리워졌다.

그가 다시 입을 떼기 시작했을 때, 그 이야기는 거의 의지와는 상관없이 저절로 터져 나오는 것처럼 쏟아지는 말들을 막을 수 없는 것처럼 보였다. 그와 동시에 자기에게 일어나고 있는 일에 대해 놀란 나머지 그의 얼굴은 점점 일그러져 갔다. 모모는 마침내 그의 진짜 목소리를 들을 수 있었다.

"우린 알려져서는 안 돼."

그의 음성은 아주 멀리서 들려오는 것 같았다.

"우리의 존재와 우리의 활동은 누구도 알아서는 안 돼…… 어느 누구의 기억에도 우리가 남아 있지 않도록 우리는 신경을 쓰고 있어…… 우리가 알려지지 않아야만 일을 진행시킬 수 있거든…… 인간의 생애를 시간, 분, 초로 빼앗고 있어…… 사실 사람들이 절약하는 모든 시간은 그들로 보면 잃어버리는 셈이지…… 우리는 그 시간을 빼앗아 버리고 있어…… 우리는 그 시간을 저장하지…… 우리한텐 그것이 필요해…… 우리는 시간에 굶주리고 있어…… 아, 너희들은 몰라, 그것이 뭔지. 너희들의 시간이라는 것이 뭔지를!…… 하지만 우리는 그걸 알고 있어, 그래서 너희들한테서 몽땅 그것을 빨아들이고 있지……그리고 우리한텐 그것이 점점 더 필요해……더 많이……왜냐하면 우리들도 점점 숫자가 늘어나거든……점점 더 많이……점점 더 많이…….”

이 마지막 한마디를 단말마처럼 목에서 짜내다가, 회색 사나이는 곧 그의 두 손으로 자신의 입을 필사적으로 틀어막았다. 튀어나올 듯한 눈으로 그는 모모를 뚫어지게 바라보았다. 잠시 후 그는 정신을 차린 모양이었다.

“어—어찌 된 일이지? 네가 내 말을 다 엿들었구나! 난 미쳐 버렸어! 네가 날 미치게 했어, 네가!”

그는 말을 더듬거렸다. 그러고 나서 그는 거의 애원하는 투로 말했다.

“내가 완전히 헛소리를 했어. 꼬마야, 잊어버려라! 너는 날 잊어야 해. 다른 모든 사람들이 우리를 잊어버리듯이! 너도 잊어버려야 해! 잊어버려야 해!”

그리고 그는 모모를 움켜잡고 흔들어댔다. 모모는 입술을 오물거렸지만 말이 되어 나오지 않았다.

그러자 회색 사나이는 벌떡 일어나더니 쫓기듯이 사방을 둘러보고 납회색 서류 가방을 꾸려 자동차로 달려갔다. 그러고 나자 굉장히 괴상한 일이 벌어졌다. 폭발이 거꾸로 일어난 것처럼 영사기를 거꾸로 돌리듯 모든 인형과 흩어져 있던 온갖 물건들이 사방에서 자동차 트렁크로 날아 들어가더니 트렁크 문이 쾅 닫혔던 것이다. 그리고 차는 돌멩이를 튕기며 쏜살같이 달려 사라졌다.

　모모는 한참 그대로 앉아 지금껏 들은 이야기를 이해하려고 애를 썼다. 서서히 끔찍한 추위가 모모의 뼈마디로부터 빠져나갔고, 그와 함께 모든 것이 차차 또렷해졌다. 모모는 아무것도 잊어버리지 않았다. 왜냐하면 모모는 회색 사나이의 진짜 음성을 들었기 때문이다.

　눈앞의 시든 풀 사이에서 가느다란 연기가 피어오르고 있었다. 짓눌려진 회색 시가 꽁초는 연기를 뿜다가 서서히 재로 변해 갔다.

수많은 몽상과 약간의 망설임

그날 저녁 무렵이 되자 지지와 베포 할아버지가 원형극장으로 왔다. 그들은, 모모가 약간 창백하고 멍한 모습으로 성벽 그늘에 앉아 있는 것을 발견했다. 그들은 모모 곁에 앉으며 무슨 일이 있었느냐고 걱정스레 물었다. 모모는 그동안 겪은 일을 더듬더듬 두 사람에게 설명했다. 그리고 회색 사나이와 나누었던 대화를 그대로 되풀이했다.

베포 할아버지는 이야기를 들으면서 모모를 아주 진지하게 탐색하듯이 바라보았다. 그의 이마의 주름살은 더욱 깊이 패어 있었다. 모모의 이야기가 끝났지만 그는 계속 침묵을 지켰다.

이와는 반대로 지지는 차츰 흥분하면서 모모의 이야기를 들었다. 지지는 이야기를 할 때 흥분하면 언제나 그러듯이 두 눈을 깜빡이기 시작했다.

"모모."

지지는 모모의 어깨에 손을 얹었다.

"드디어 우리가 일어서야 할 때가 왔구나! 지금껏 아무도 알지 못한 존재의 정체를 네가 찾아냈어! 이제 우리는 옛 친구들뿐만 아니라 도시 전체를 구해야 해! 우리 셋이. 나, 베포 할아버지 그리고 너 모모!"

지지는 벌떡 일어나 두 손을 앞으로 내뻗었다. 구세주가 된 자기 앞에서 환호성을 올리는 수많은 군중을 상상한 것이다.

"그건 좋지만, 대체 어떻게 일을 할 건데?"

모모가 얼떨떨해서 말했다.

"무슨 소리야?"

지지는 김이 빠진 듯한 말투로 물었다.

"내 말은 어떻게 우리가 회색 사나이들을 정복하느냐는 거지."

그러자 모모가 설명했다.

"그런가? 물론 지금으로서는 그렇게 구체적인 것까지는 나도 몰라. 우선 우리는 그 방법을 생각해 내야 해. 하지만 한 가지만은 분명해. 그들의 존재와 활동 내용을 안 지금 우리는 그들과 맞서 싸워야 한다는 사실. 혹시 너 겁을 먹고 있는 건 아니겠지?"

지지가 물었다.

모모는 당황한 듯 고개를 끄덕였다.

"내 생각엔 그 자들은 결코 보통 인간들은 아닌 것 같아. 나한테 왔던 그 사람은…… 아무튼 좀 달라 보였어. 게다가 아주 참을 수없이 추웠어. 그런 사나이들이 많다면 위험할 거야. 벌써 겁이 나는걸."

"무슨 소리야!"

지지는 화가 나서 외쳤다.

"어쨌든 일은 간단해! 이 회색 일당들은 알려지지 않은 곳에서만 자기네들의 수상한 지하 작업을 계속할 수 있을 거야. 널 방문한 자가 자기 입으로 털어놨잖아. 그러니까, 봐! 우리는 다만 그 자들이 사람들에게 알려지도록 노력하면 돼. 일단 그 자들을 알게 된 사람들은 기억을 하게 될 테고, 그 자들을 기억하는 사람들은 언제라도 그들을 당장 알아볼 테니까 말야! 그렇게 되면 그 자들도 도저히 더 이상 우리를 손아귀에 넣을 수 없게 돼. 우리는 그들로부터 안전하게 되고."

"그럴까?"

모모는 아직도 의심쩍다는 투로 말했다.

"당연하지!"

지지는 눈을 반짝이며 말을 이었다.

"그렇지 않았다면 널 방문한 자가 그렇게 걸음아 날 살려라 하고 네 앞에서 줄행랑쳤을 리가 없잖아. 그 자들도 우리를 무서워하는 거야."

"하지만 우리는 저 회색 일당들을 찾을 수 없잖아. 그들은 우리 앞에서는 모습을 감추고 있을 테니까."

"그건 그렇겠지. 그땐 우리가 그들을 숨어 있는 장소에서 꾀어내야 해."

지지도 그 말에 동의했다.

"어떻게? 내 생각엔 그 자들은 지독하게 간사하고 꾀가 많은 것 같아."

"그것처럼 간단한 일은 없어. 우리는 그 자들이 탐내는 먹이로 그들을 잡는 거야. 고깃덩이로 쥐를 잡듯이 시간도둑은 시간으로 잡는 거야. 어쨌든 우리는 시간을 충분히 갖고 있으니까! 어쩌면 네가 미끼가 되어 그들을 유혹해야 할지도 몰라. 그래서 그 자들이 나타나면 나랑 베포가 숨어 있다가 뛰쳐나와 그 자들을 때려잡는 거야."

지지는 이렇게 말하면서 웃었다.

"하지만 그 자들은 벌써 날 아는걸. 내 생각엔 그 사람들이 그런 얕은 꾀에 넘어갈 것 같지 않아."

"그런가?"

지지는 생각이 떠오르는 대로 성급하게 말을 잇기 시작했다.

"그럼 또 다른 방법을 쓰기로 하지. 회색 사나이는 하여간 시간저축은행에 관해서 뭐라고 말했다고 했지? 그렇다면 어떤 건물이 있겠지. 그 건물은 시내 어딘가에 있을 거야. 그것만 찾아내면 된다구. 틀림없이 찾아낼 수 있을 거야. 그 건물은 아주 눈에 잘 띄는 건물일 테니까 말야. 창문도 없는 회색 건물, 콘크리트로 된 무지무지하게 큰 금고! 그 건물이 바로 눈앞에 보이는 것 같아. 그걸 찾아내면 우리는 안으로 들어가는 거야. 각자 두 손에다 묵직한 권총을 들고, '당장 훔쳐 간 시간을 전부 내놔!' 하고 소리치는 거야……."

"그렇지만 우리에겐 권총 같은 게 없잖아."

모모가 걱정스럽다는 듯이 지지의 말을 막았다.

"그럼 권총 없이 그냥 그렇게 하지 뭐. 그렇게 하면 오히려 더 놀랄 거야. 우리가 그곳에 나타난 것만으로도 그 자들은 놀라서 달아날 거야."

지지는 허풍을 떨며 대답했다.

"단 세 사람이 아니고 좀더 많으면 좋겠는데. 내 말은, 우리 셋만이 아니고 다른 친구들도 같이 찾으면 시간저축은행을 한결 쉽게 찾을 수 있을 것 같다는 얘기야."

"그것 참 좋은 생각이야. 우리 옛 친구들을 모두 동원하면 될 거야. 그리고 요새 매일 오는 많은 아이들도. 우리 당장 나가서 눈에 띄는 대로 친구들에게 이 얘기를 전하도록 하지. 그러면 그들이 다시 다른 이들에게 전하고 말야. 그런 다음 모두 내일 오후 3시에 여기서 모여 의논하기로 하자!"

그리하여 그들은 길을 나섰다. 모모는 이쪽으로, 베포 할아버지와 지지는 저쪽으로.

두 사람은 한참 길을 걸었다. 그때 여태까지 침묵을 지키고 있던 베포 할아버지가 갑자기 걸음을 멈추었다.

"이봐 지지, 들어봐. 난 걱정이 돼."

지지가 그에게로 몸을 돌리고 물었다.

"뭐가요?"

베포는 지지를 한참 바라보더니 이렇게 말했다.

"난 모모를 믿어."

"그런데요?"

지지는 의아하다는 듯이 다시 물었다.

"내 말은, 모모가 우리한테 들려준 이야기가 참말이라고 믿는다는 거야."

"알아요, 그런데요?"

지지는 베포의 말뜻을 알아듣지 못해 또다시 물었다.

"이봐, 모모가 얘기한 것이 사실이라면 우리가 어떻게 행동할 것인지 신중하게 생각해야 해. 그들이 나쁜 비밀 범죄 단체라고 한다면 그런 상대를 놓고 섣불리 싸움을 벌여서는 안 된다는 얘기야, 알아듣겠어? 경솔하게 행동을 한다면 모모가 위험에 처할 수 있어. 우리들이야 괜찮지만, 아이들까지 끌어들일 경우 어쩌면 아이들 모두 위험에 처하게 될는지 모른다는 거야. 그러니 어떻게 행동해야 할지 정말 신중히 생각해야 해."

"아참, 아저씨는 항상 걱정 먼저 하시지요! 많은 사람들이 힘을 합하면 그만큼 더 좋잖아요."

지지는 큰 소리로 말하며 웃었다.

"내가 보기에 넌 모모가 들려준 이야기의 진실성을 전혀 믿는 것 같지가 않구나."

베포가 심각하게 대답했다.

"진실이라는 게 대체 뭔데요? 베포 아저씨, 아저씨는 상상력이 없는 사람이에요. 온 세상은 한 편의 커다란 이야기이고 우리는 모든 그 이야기의 등장인물이에요. 베포 아저씨, 나도 믿어요. 모모가 들려준 얘기를 전부 믿어요. 아저씨랑 똑같이 말예요!"

지지가 심각한 듯 말했다.

베포는 뭐라고 대꾸해야 할지 몰랐다. 하지만 지지의 대답으로 그의 걱정이 조금이라도 줄어든 것은 아니었다.

그런 다음 그들은 헤어졌다. 친구와 아이들에게 내일의 모임에 관해 전해 주기 위하여 각각 다른 방향으로. 지지는 가벼운 마음으로, 베포는 무거운 마음으로.

이날 밤, 지지는 도시의 구세주로서의 명성에 관한 꿈을 꾸었다. 그는 연미복 차림의 자신과 베포의 모습, 하얀 비단옷을 입은 모모의 모습을 보았다. 그들 세 사람 모두의 목에는 황금 훈장이 걸리고 머리에는 월계관이 씌워졌다. 웅장한 음악이 울렸다. 도시에서는 이들 구세주의 공적을 찬양하기 위하여 이제까지 유례가 없는 성대하고 끝없이 긴 횃불 행렬을 마련해 놓았다.

이와 같이 지지가 한참 행복한 꿈을 꾸는 시간에 베포 할아버지는 잠자리에 누운 채 잠을 이루지 못하고 뒤척였다. 생각하면 할수록 사건 전체의 위험성이 더욱 분명해졌다. 물론 그는 지지와 모모만을 위험한 처지에 내버려두지는 않을 것이다. 결과가 어떻게 되든 자기 역시 그들과 같이 갈 것이다. 하여튼 그는 적어도 두 사람에게 가볍게 굴지 말라고 주의를 주는 노력만은 해야 했다.

다음날 오후 3시, 원형극장 터는 수많은 아이들의 흥분된 목소리와 수다로 시끌벅적했다. 유감스럽게도 옛 친구들 가운데 어른들은 한 사람도 오지 않았다(물론 베포와 지지는 예외였지만). 하지만 가까이서 멀리서 온 아이들, 가난한 아이와 부잣집 아이, 잘 차려입은 아이와 남루한 아이, 그리고 크고 작은 아이들이 어림잡아 5, 60명쯤 모였다.

그중에는 마리아 소녀처럼 꼬마 동생을 데리고 온 아이도 꽤 있었다. 손목을 잡고 또는 팔에 안겨 따라온 꼬마 동생들은 눈을 동그랗게 뜨고 손가락을 입에 문 채 이 엄청난 모임을 구경하고 있었다. 물론 프랑코와 파올로와 마시모도 거기에 섞여 있었다. 그리고 나머지는 대부분 최근에 원형극장을 찾아오기 시작한 아이들이었다. 아이들은 물론 여기서 벌어지는 일에 굉장한 흥미를 갖고 있었다.

트랜지스터 라디오를 가지고 왔던 소년의 모습도 보였다. 물론 오늘은 라디오를 가져오지 않았다. 그 소년은 모모 옆에 앉아서 처음으로 하는 말이 자기 이름은 클라우디오이며 이 일에 같이 낄 수 있어서 기쁘다고 말했다.

이제 더 이상 올 사람이 없다고 여겨지자, 관광안내원 지지가 일어서서 커다란 손짓으로 조용히 하라고 명령했다. 재잘재잘 얘기를 주고받던 소리가 뚝 그쳤다. 돌로 만들어진 원형의 광장 안에는 기대에 찬 침묵이 번져 나갔다.

지지가 우렁찬 목소리로 입을 열었다.

"사랑하는 친구들! 무엇 때문에 우리가 여기 모였는지, 모두 대강은 알고 있으리라 믿는다. 이 비밀 집회에 초대받았을 때 이미 들었을 테니까 말이다. 지금까지 온갖 방법으로 끝없이 시간을 절약해 왔는데도 점점 더 많은 사람들에게서 시간이 없어져 가는 일이 벌어졌다. 하지만 들어봐라. 이렇게 절약해 놓은 시간은 정작 사람들한테서 사라져 버리고 만 것이다. 그 이유가 무엇일까? 모모가 그 이유를 찾아냈단다! 사람들은 이 시간을 바로 시간도둑들한테 도둑맞고 있던 거였다! 이 끔찍한 범죄 단체의 활동을 그만두게 하기 위해 바로 너희들의 도움이 필요해. 너희 모두가 기꺼이 힘을 합친다면 사람들을 덮치는 이 재난을 단숨에 쳐부술 수 있을 거라고 생각한다. 이 일을 위해 싸우는 게 가치 있다고 생각지 않는가?"

그가 일단 말을 그치자 아이들은 모두 박수를 쳤다.

"이 일을 어떻게 할 것인가에 대해서는 나중에 의논하겠다. 먼저 그 작자들 중의 한 놈을 어떻게 만났고, 그놈이 뭐라고 털어났는지 모모의 얘기부터 들어보기 바란다."

지지가 말을 했다.

"잠깐."

베포 할아버지가 지지를 제지하며 일어섰다.

"들어봐라, 애들아! 나는 모모가 얘기하는 데 반대야. 그러면 안 돼. 모모가 얘기를 하면 모모랑 너희 모두가 위험에 처하게 될지도 모른단다……."

"싫어요! 우리는 모모의 얘기를 듣겠어요!"

몇몇 아이들이 소리쳤다.

다른 아이들도 차츰 같이 소리를 지르더니 나중엔 전부가 합창을 하듯 외쳤다.

2. 회색 사나이들 165

"모모! 모모! 모모!"

베포 할아버지는 할 수 없이 앉아서 안경을 벗고 지친 듯 손가락으로 눈을 비볐다.

모모는 망설이며 일어섰다. 어느 편의 뜻을 따라야 할지, 베포 할아버지를 따라야 할지 아이들을 따라야 할지 결정을 할 수가 없었던 것이다. 그러나 결국 모모는 이야기를 시작했다. 아이들은 잔뜩 숨을 죽이고 귀를 기울였다. 모모의 이야기가 끝난 뒤 한참 동안 그들 사이에는 침묵이 흘렀다.

모모의 이야기를 듣고 있는 동안 아이들은 모두 조금씩 불안감에 휩싸였다. 아이들은 시간도둑을 그렇게까지 무시무시하게 상상하지는 못했던 것이다. 웬 꼬마 하나가 울음보를 터뜨렸으나 곧 누나가 아이를 달랬다.

이어서 지지가 침묵을 깨고 물었다.

"자, 그럼 너희들 중에 누가 이 회색 사나이들에 대항하여 싸울 용기를 갖고 있을까?"

"왜 베포 할아버지는 모모가 겪은 일을 얘기하지 못하게 말렸나요?"

프랑코가 지지의 말에 대답하는 대신 이렇게 물었다.

지지는 어린이들의 용기를 북돋워 주려는 듯이 미소를 지으며 말했다.

"베포 할아버지는 회색 사나이들이 자기네 비밀을 알아챈 사람을 위험 인물로 간주하고 추적할 것이라는 거야. 그렇지만 나는 그 반대라고 장담해. 그 자들의 비밀을 알고 있는 사람은 도리어 안전해. 그들은 털끝 하나 건드릴 수 없을 거야. 그건 분명한 일이야! 안 그래요? 베포 아저씨!"

하지만 베포 할아버지는 천천히 고개를 가로저었다.

아이들은 입을 다물고 있었다.

"어쨌든 한 가지만은 분명해. 우리는 지금 좋건 나쁘건 힘을 모아야 해! 물론 신중해야 하겠지만 겁을 먹어서는 안 돼. 그래서 다시 한 번 묻겠는데, 너희 중에 누가 이 일에 힘을 모으겠니?"

지지가 아이들을 부추겼다.

"저요!"

· 클라우디오가 큰 소리로 대답하며 일어섰다. 소년은 약간 창백한 모습이었다.

클라우디오의 대답에 아이들이 처음에는 주저하며 따랐지만 나중에는 점차 분명한 태도로 다른 아이들이 뒤따르더니, 마침내는 그곳의 모든 아이가 힘을 모으겠다고 나섰다.

"자, 베포 아저씨! 이제 아저씨는 어쩌시겠어요?"

지지는 아이들을 가리키며 말했다.

"알았다."

베포 할아버지는 씁쓸하게 고개를 끄덕이며 말했다.

"물론 나도 돕고말고."

지지는 다시 아이들 쪽으로 몸을 돌리고 말했다.

"그럼 이제 우리가 어떻게 해야 할지를 의논해 보자. 누구 좋은 생각 있는 사람?"

모두들 생각에 잠겼다. 마침내 안경을 쓴 소년 파올로가 물었다.

"그런데 그 자들은 어떤 수를 쓰나요? 내 말은, 어떻게 실제로 시간을 훔칠 수 있느냐는 거예요. 대체 그들은 어떻게 하지요?"

"그래요, 도대체 시간이란 무엇인가요?"

클라우디오가 소리쳤다.

아무도 거기에 대해 대답을 하지 못했다.

원형 돌계단 맞은편에 앉아 있던 마리아가 꼬마 여동생 데데를 팔에 안은 채 일어서서 말했다.

"혹시 그건 원자原子 같은 게 아닐까요? 원자는 머리 속에서 생각하는 것을 기계로 기록할 수 있지요. 나는 텔레비전에서 그것을 본 적이 있어요. 어쨌든 요즘은 어떤 일에든지 특수한 전문가가 있잖아요."

"좋은 생각이 떠올랐어요!"

이번에는 여자애 목소리를 가진 뚱보 소년 마시모가 소리쳤다.

"사진을 찍으면 모든 게 필름에 찍히지요. 그리고 녹음을 하면 모든 게 녹음 테이프에 녹음이 되고요. 어쩌면 그들은 시간을 빨아들이는 기계를 갖고 있을지 몰라요. 그 기계가 있는 곳만 안다면 우리는 그 테이프를 되돌릴 수가 있을 테고 다시 시간을 찾게 될 게 아녜요!"

그러자 파울로가 입을 떼며 코 위의 안경을 치켜올렸다.

"어쨌든 우리는 제일 먼저 우리를 도와줄 과학자를 찾아야해요. 안 그러면 아무 일도 할 수 없어요."

"넌 언제나 과학자만 들먹이는구나! 과학자도 쉽사리 믿을 수가 없어! 그 분야에 정통한 과학자를 만났다고 해도 그 사람이 시간도둑의 앞잡이라도 되는지 어떻게 알겠어? 그러면 큰일이잖아!"

프랑코가 소리쳤다.

그것은 매우 당연한 의견이었다.

이번엔 눈에 띌 정도로 좋은 집안의 소녀가 일어서서 말했다.

"난 이 모든 일을 경찰에 신고하는 것이 제일 좋을 것 같아요."

"그것은 말도 안 돼! 경찰이 무엇을 할 수 있겠어! 그들은 아무튼 보통 도둑들이 아니거든! 경찰이 벌써 이 사실을 알고 있다면 그건 경찰도 손을 써볼 도리가 없다는 얘기가 되고, 경찰이 이놈들의 소굴에 대해 전혀 알지 못하고 있다면 그것 역시 경찰은 조금도 도움이 안 된다는 뜻이야! 내 생각엔 그래요."

프랑코가 항의했다.

그러자 모두 어찌할 바를 모르고 잠시 말을 잃었다.

"하지만 역시 어떤 조치이건 취해야 해요. 우리들의 계획을 시간도둑들이 눈치채기 전에 되도록 빨리요."

이윽고 파울로가 말했다.

이번에는 관광안내원 지지가 일어섰다.

"사랑하는 친구들, 나는 이 일에 관해 곰곰이 생각을 해봤다. 수백 가지 계획을 세웠다가는 팽개치고, 결국 확실하게 목적을 달성할 수 있는 계획 하나를 생각해 냈다. 너희 모두가 협조해 준다면! 나는 너희들 중에 더 좋은 생각을 가진 사람이 있는지, 우선 들어보려고 했을 뿐이야. 그럼, 우리가 어떻게 할 것인가를 얘기하자."

지지는 여기서 말을 멈추고 천천히 아이들을 둘러보았다. 50명이 넘는 아이들의 얼굴이 그를 향하고 있었다. 이토록 많은 청중 앞에 서 보기는 참으로 오랜만이었다.

그는 다시 말을 이었다.

"이 회색 사나이들의 힘은 너희들도 알다시피 사람들에게 알려지지 않고 몰래 일할 수 있는 데서 나오는 거야. 그러니까 그들에게 타격을 주는 가장 효과적인 지름길은 모든 사람들로 하여금 그 자들에 관한 진실을 알게 하는 거야. 그럼 어떻게 하면 되겠니? 우리는 대대적인 어린이 집회를 여는 거야! 플래카드와 포스터를 그려서 그걸 들고 거리를 행진하는 거야. 그렇게 해서 일단 사람들의 관심을 끌어 모으는 거지. 그래서 온 도시 사람을 우리가 있는 이 옛 원형극장으로 초대해서 그들에게 진실을 깨우쳐 주는 거야. 그러면 굉장한 소동이 일어나겠지! 수천 수만의 사람들이 이리로 물밀듯 몰려올 거야! 이렇게 끝도 없이 많은 사람의 물결이 여기에 모이면, 우리는 그 무서운 비밀을 계속 털어놓는 거야! 그러면 세상은 단숨에 변해 버리겠지! 그들은 이젠 누구한테서도 시간을 훔쳐갈 수 없게 되겠지. 그러면 누구나 다 자기가 즐기고 싶은 만큼의 시간을 갖게 될 거야. 이제부터는 시간이 충분히 있을 테니까 말이야. 자, 그렇게 하겠니?"

아이들은 일제히 환호성을 올리며 이에 답했다.

"그럼 우리가 전도시 사람들을 다음 일요일 오후에 이 원형 극장으로 모이도록 호소할 것을 만장일치로 결정했음을 선언한다."

지지는 이렇게 결론을 내리고 덧붙여 말했다.

"그렇지만 그때까지는 우리들의 계획에 대해 입을 꼭 다물고 있어야 해, 알겠니? 자, 그럼 얘들아, 일을 시작하자!"

그날 이후 며칠 동안 폐허의 터에서는 비밀리에 열성적인 활동이 벌어졌다. 종이와 물감이 가득 든 통들, 붓과 아교, 널빤지와 마분지, 나무 막대 그리고 그 밖에 필요한 모든 것을 가져왔다(어디서 났는지는 묻지 말기로 하자). 그리고 한쪽에서 포스터와 플래카드와 푯말을 만드는 동안 글을 잘 쓰는 다른 아이들은 좋은 구절을 생각해 내어서 그 위에 물감으로 써넣었다.

그것은 예를 들면 다음과 같은 내용의 호소였다.

그리고 모든 플래카드마다 집회 장소와 시간을 적었다.

마침내 모든 준비가 끝나자 아이들은 지지와 베포, 모모를 선두로 하여 줄을 맞춰 섰다. 그런 다음 포스터랑 플래카드들을 들고 길게 한 줄로 늘어서서 도시를 향해 행진을 시작했다. 게다가 그들은 양철 뚜껑과 피리로 주의를 끌었고, 구호도 함께 외쳤으며, 지지가 이 데모 행진을 위해 특별히 만든 다음의 노래를 불렀다.

들으세요, 여러분, 우리 얘기를.
12시 5분 전 경종이 울렸거늘.
이제 깨어나 정신 차리세요,
여러분의 시간이 도둑맞고 있으니.

들으세요, 여러분, 우리 얘기를.
이젠 괴로움에서 헤어 나오세요!
일요일 3시, 오셔서 들으세요,
여러분의 자유를 되찾게 되리니!

이 노래는 물론 더 여러 절로 되어 있었다. 그것은 모두 28절
이나 되었다. 하지만 여기에 모두 옮길 필요는 없을 것이다.

이 행렬이 교통을 방해하자, 몇 번인가 경찰들이 끼어들어 아
이들을 해산시켰다. 하지만 아이들은 결코 용기를 잃지 않았다.
그들은 다른 장소에서 다시 모여 처음부터 다시 시작했던 것이
다. 그 밖에는 별다른 일이 일어나지 않았다. 열심히 눈을 번득
이며 둘러보았지만 회색 사나이들의 모습은 보이지 않았다.

하지만 이 행렬을 본 아이들, 지금껏 이 사실을 전혀 몰랐던
아이들이 모두 행렬에 참가했다. 마침내 아이들의 수는 수백 수
천에 이르게 되었다. 대도시의 여러 곳에서 아이들이 긴 행렬로
거리를 누비며, 세상에 변화를 가져다 줄 중요한 대집회에 와
달라고 어른들에게 호소했다.

열리지 못했던 좋은 집회와
열렸던 나쁜 집회

기다리고 기다렸던 때는 지나갔다.

그 시간은 이미 지나갔지만 와주었으면 하던 도시의 어른들은 아무도 오지 않았다. 이 사건에 가장 관계가 깊은 어른들은 아이들의 이번 행진에 관심도 가져주지 않았던 것이다.

아이들이 한 일은 모두 물거품이 되어버리고 말았다.

해는 이미 지평선으로 뉘엿뉘엿 넘어가 자줏빛 구름바다 속에 붉고 커다란 구슬이 되어 떠 있었다. 그러나 아직 마지막 햇살이 몇 시간 전부터 수백 명의 아이들이 앉아 기다리고 있는 옛 원형극장 제일 꼭대기 계단을 비스듬히 비추고 있었다.

떠들썩한 재잘거림도 쾌활한 환호성도 이미 들리지 않았다. 아이들은 모두 말없이 침울하게 앉아 있었다.

그림자가 자꾸만 길어졌다. 곧 어두워질 것이다.

날이 추워졌기 때문에 아이들은 떨기 시작했다. 멀리 교회

시계탑이 여덟 번 종을 쳤다. 이제 의문의 여지없이 일은 완전히 실패로 돌아가 버린 것이다.

몇 명의 아이들이 일어서서 소리없이 원형극장을 빠져나가 버리자 다른 아이들도 그 뒤를 따랐다. 아무도 말 한마디 하지 않았다. 실망이 너무 컸던 것이다.

드디어 파올로가 모모에게 와서 말했다.

"기다려도 소용없겠어, 모모. 이제 올 사람은 없어. 잘 자, 모모."

그리고 그는 가버렸다.

그러자 프랑코도 모모에게 와서 말했다.

"이렇게 된 것 어쩔 수 없지 뭐. 어른들한텐 더 이상 기대할 게 없어. 바로 이번에 더 잘 알게 된 셈이지. 사실 난 벌써부터 어른들을 믿지 않았지만 이제부터는 정말 어른들과는 상대를 안 하겠어."

그렇게 말하고서 프랑코도 그곳을 떠났고 다른 아이들이 그 뒤를 따랐다. 그리고 마침내 깜깜해지자 나머지 아이들도 체념하고 돌아갔다. 이제 모모 곁에 남은 사람은 베포와 지지 두 사람뿐이었다.

얼마 후 도로청소부 베포 할아버지도 일어섰다.

"할아버지도 가세요?"

모모가 물었다.

"하는 수 없지. 특별 근무가 있어."

베포 할아버지가 대답했다.

"밤중에요?"

"그래, 특별히 쓰레기하치장 일을 맡게 되었어. 지금 곧 그리로 가야 해."

"하지만 오늘은 일요일인데요! 지금까지 그런 적이 한 번도 없었잖아요!".

"없었지. 그렇지만 오늘은 그렇게 하라는 명령을 받았어. '특별'이라고 말하더군, 안 그러면 일을 처리할 수가 없기 때문이래. 인원 부족이라나 뭐라나."

"섭섭해요. 오늘은 할아버지가 줄곧 여기 계셨으면 했는데."

"그래, 나로서도 지금 가야 하는 게 정말 싫어. 그럼, 내일까지 안녕!"

베포 할아버지가 말했다.

베포 할아버지는 삐걱거리는 자전거에 훌쩍 올라타더니 어둠 속으로 사라졌다.

지지는 구슬픈 곡조로 나직이 휘파람을 불었다. 지지의 휘파람소리는 퍽 듣기 좋았다. 모모는 그 소리에 열심히 귀를 기울였다. 그런데 갑자기 지지가 휘파람을 뚝 그치더니 말했다.

"나도 가야겠어! 오늘은 일요일이잖아. 나도 야간순찰을 하기로 되어 있어! 야경꾼이 요즘의 새 직업이라는 걸 너한테 말하지 않았니? 하마터면 잊어버릴 뻔했어."

모모는 눈을 크게 뜬 채 그를 보았지만 아무 말도 하지 않았다.

"낙심하지 마. 우리 생각대로 계획이 들어맞지 않은 것 말야. 나 역시 그렇게 되리라고 생각하지는 않았어. 하지만 어쨌든 결국은 그것도 재미있었어! 대단한 모임이었지."

지지가 말했다.

모모가 여전히 침묵을 지키고 있자, 그는 위로하듯이 모모의 머리를 쓰다듬으며 덧붙였다.

"너무 심각하게 생각 말자, 모모. 내일이면 모든 것이 전혀 다르게 보일 거야. 우린 또 다른 새로운 것을 생각해 내면 되잖아. 새로운 이야기를, 응?"

"그것은 이야기가 아니었어."

모모가 조용히 말했다.

"나도 알아. 그렇지만 그 얘기는 내일 계속하자, 알겠지? 나도 그만 가봐야겠어. 어쨌든 벌써 늦었어. 너도 잠자리에 들 시간이 지났잖아."

지지가 일어서며 말했다. 그러고는 구슬프게 휘파람을 불면서 가버렸다.

그리하여 모모는 커다란 원형 돌계단 한가운데 혼자 앉아 있게 되었다.

밤하늘에는 별빛 하나 없었다. 하늘은 구름으로 완전히 덮여 있었다. 이상한 바람이 일었다. 세찬 바람은 아니었지만 끊임없이 불며 묘하게 냉기를 일으키는 바람이었다. 그것은 이른바 잿빛 바람이었다.

이 대도시와 꽤 떨어진 교외에 거대한 쓰레기더미가 높이 쌓여 있었다. 그것은 바로 산더미라고 할 수 있었다. 매일 대도시

에서 버려지는 재와 유리 파편과 종이 상자, 플라스틱 쓰레기, 너덜너덜한 이불, 낡은 매트리스, 양철통, 깨진 그릇 조각 등등 온갖 잡동사니들이 다 모였다. 이 쓰레기들은 차례로 거대한 소각로로 들어갈 때까지 여기에 버려져 있었다.

밤늦게까지 베포 할아버지는 그의 동료들과 함께, 헤드라이트를 켠 채 길게 줄지어 서서 쓰레기더미가 내려지기를 기다리고 있는 짐차로부터 쓰레기를 삽으로 퍼내리는 일을 도왔다. 짐차를 처리하면 처리할수록 계속 더 많은 트럭이 어느새 줄 뒤에 와서 서 있곤 했다.

"여러분, 서두르시오! 빨리, 빨리! 안 그러면 도저히 끝이 안 나요!"

이런 명령이 끊임없이 내려졌다.

베포는 셔츠가 땀에 젖어 몸에 찰싹 달라붙도록 끊임없이 삽질을 했다. 자정이 다 되어서야 일이 끝났다.

베포는 나이가 많았고 또 애당초 별로 건장한 체격이 아니었기 때문에 완전히 지쳐서, 구멍 뚫린 대야를 엎어놓고 그 위에 앉아 한숨을 돌리려고 하였다.

"어이, 베포! 우린 집으로 가네, 자네는 안 가려나?"

동료 중의 누군가가 말했다.

"잠깐만."

베포는 이렇게 말하며 아픈 가슴을 손으로 눌렀다.

"어디가 불편하시오, 어르신?"

다른 동료가 물었다.

"이제 괜찮아졌어. 먼저들 가시오. 나는 잠깐만 쉬었다 갈 테니."

베포가 대답했다.

"자, 그럼 쉬었다 오세요."

이렇게 말하고 그들은 돌아갔다.

사방이 고요해졌다. 다만 쓰레기더미 속 여기저기서 쥐새끼들이 돌아다니면서 이따금 찍찍 소리를 낼 뿐이었다. 베포는 깍지 낀 두 팔에 머리를 얹고는 잠이 들어버렸다.

얼마나 오래 잤는지는 알 수 없었지만, 문득 한 줄기 냉기에 몸을 떨며 잠에서 깨어났다. 그는 위를 바라본 순간 졸음이 싹 달아나 버렸다.

겹겹이 쌓인 쓰레기를 덮듯이 고급 양복을 차려 입은 회색 사나이들이 머리에 중절모를 쓰고 납회색의 서류 가방을 손에 들고는 작은 회색 시가를 입에 문 채 서 있었다. 그들은 모두 입을 다문 채 꼼짝도 않고 쓰레기더미 맨 꼭대기 쪽을 바라보고 있었다. 거기에는 판사석 같은 것이 차려져 있었고, 그 뒤로 다른 일당과 똑같은 세 사람의 회색 사나이가 앉아 있었다.

이것을 본 순간 베포는 공포로 몸을 떨었다. 들킬까봐 겁이 났다. 깊이 생각해 볼 것도 없이 여기에 있어서는 안 되었다. 하지만 그는 곧 회색 사나이들이 귀신에 홀린 듯이 판사석에만 시선을 박고 있다는 사실을 깨달았다. 그들은 베포를 신경 쓸 여유가 없음에 틀림없었다. 기껏해야 베포를 무슨 버려진 쓰레기쯤으로 생각하는지도 모를 일이었다. 어쨌든 베포는 숨을 죽이고 소리나지 않게 앉아 있기로 작정했다.

"외무사원 BLW/553/c호는 중죄 재판소의 법정으로 나오라!"

판사석 중앙에 앉아 있는 사나이의 목소리가 정적을 깨고 울렸다.

이 명령은 아래쪽에서 다시 한 번 되풀이되고 메아리처럼 멀리까지 울려 퍼졌다. 그러자 회색 사나이들이 길을 열어주었고 그 사이로 한 회색 사나이가 천천히 쓰레기더미 위로 올라갔다. 그 사나이가 다른 사나이들과 분명히 구별되는 유일한 점은, 회색 얼굴이 거의 백지장처럼 하얗게 변해 있다는 것이었다.

이윽고 사나이는 판사 앞에 섰다.

"당신이 외무사원 BLW/553/c호인가?"

가운데 사나이가 물었다.

"예, 그렇습니다."

"당신은 언제부터 시간저축은행에서 일해 왔나?"

"태어났을 때부터입니다."

"그거야 당연하지. 그런 쓸데없는 진술은 생략하라! 당신은 언제 태어났나?"

"11년 3개월 6일 8시간 32분, 그리고 이 순간으로 정확히 18초 전입니다."

이 문답은 낮은 음성으로 이루어지고 있었고 게다가 먼 데서 벌어지고 있는데도, 이상하게도 베포 할아버지는 한마디도 놓치지 않고 다 알아들을 수 있었다.

"당신은 다음과 같은 사실을 알고 있나?"

가운데 사나이가 심문을 계속했다.

"오늘 이 도시의 상당수의 어린이들이 푯말과 플래카드를 들고 시위를 하며 도시의 모든 사람들을 초대해서 감히 우리의 정체를 폭로하려는 엄청난 계획을 세웠다는 사실을."

"예, 알고 있습니다."

외무사원 BLW/553/c호는 대답했다.

판사는 싸늘한 목소리로 심문을 계속했다.

"이 아이들이 도대체 어떻게 우리의 정체와 활동 내용에 대해 알게 되었는지 설명할 수 있겠나?"

"그것은 저도 잘 모르겠습니다. 다만 제게 한마디 할 수 있는 기회를 주신다면, 이 사건 전체를 실제 이상으로 부풀려 다루시지 않으시기를 재판관 여러분께 말씀드리고 싶습니다. 보잘것없는 아이들의 장난일 뿐 그 이상은 아닙니다! 뿐만 아니라 우리는 어른들한테 시간을 허용하지 않음으로써 계획을 실패하게 하는 데 간단히 성공했음을 참작하여 주십시오. 만약 우리가 그 일을 성공시키지 못했다 해도, 어린아이들은 사람들에게 유치한 도둑 이야기나 전해 주는 것이 고작이었으리라고 확신합니다. 제 생각에는 오히려 집회를 열도록 내버려두는 것도 괜찮았을 것 같습니다. 그래서……."

가운데 앉은 사나이가 날카롭게 그의 말을 중단시켰다.

"피고! 피고가 지금 어디에 서 있는지 알고 있나?"

피고는 흠칫 몸을 움츠리고는 모기만한 소리로 대답했다.

"물론입니다"

"피고는 지금 인간들의 법정에 서 있는 것이 아니고 피고와 같은 회색 법정 안에 있는 것이다. 우리에겐 거짓말이 통하지 않는다는 걸 피고는 잘 알고 있겠지? 그런데도 어째서 거짓말을 하려 드는가?"

"그것은 직업상의 습관입니다."

피고는 더듬거리며 말했다.

"어린이들의 계획을 어느 정도로 심각하게 받아들여야 하는가 하는 문제는 간부들의 판단에 맡겨두기로 한다. 사실 피고 당신 자신도, 바로 이 어린아이들이야말로 우리의 사업에 가장 위협적인 존재라는 것을 잘 알고 있을 텐데."

판사가 말했다.

"예, 알고 있습니다."

피고는 기어들어가는 목소리로 동의했다.

"어린이들은 우리들의 천적이다. 아이들이 없다면 인류는 벌써 오래 전에 우리의 손아귀에 완전히 들어왔을 것이다. 다른 어떤 인간들보다도 어린아이들이야말로 시간을 절약하도록 만들기 어렵다. 그래서 우리의 엄격한 법칙 중의 하나가 '어린이들은 맨 마지막에 공략하라' 는 것이다. 피고는 이 말을 알고 있나?"

판사가 이렇게 추궁했다.

"예, 잘 알고 있습니다, 판사님."

그는 숨을 헐떡이며 말했다.

"그럼에도 불구하고 우리가 가진 명백한 증거에 의하면, 우리들 중의 한 사람이, 다시 말하지만, '우리들 중의 한 사람'이 어린아이와 대화를 나누었고, 게다가 우리들의 비밀까지 말해 버렸다는 명백한 증거가 있다. 피고, 당신은 혹시 이 '우리들 중의 한 사람'이 누구인지 아나?"

"예, 그것은 저였습니다."

외무사원 BLW/553/c호는 완전히 기가 죽어서 힘없이 대답했다.

"그럼 어쩌자고 피고는 그렇게 엄격한 법을 위반하는 일을 저질렀는가?"

판사가 계속 추궁했다.

"왜냐하면 이 아이가 다른 사람들에게 영향을 주어서 우리 일을 사사건건 방해했기 때문입니다. 저의 행동은 어디까지나 시간저축은행을 위한 마음에서 우러나온 것입니다."

피고가 더듬거리며 변명했다.

"당신의 마음 따위에는 흥미가 없다."

판사는 차갑게 잘라 말했다.

"우리의 관심은 오직 결과뿐이다. 이번 사건의 결과를 보면, 피고는 우리들 수중으로 1초의 시간도 가져오지 못했을 뿐 아니라 그 꼬마한테 우리의 가장 중요한 몇 가지 비밀까지 알려주었다. 피고는 그것을 인정하나?"

"예, 인정합니다."

외무사원은 고개를 떨구고 한숨을 내쉬며 말했다.

"그러면 당신은 자신이 유죄有罪라고 스스로 인정하겠군?"

"예, 물론입니다. 하지만 판사님, 제가 제정신이 아니었던 것은 그럴 이유가 있었습니다. 정상을 참작해 주십시오. 이 아이의 귀기울여 듣는 태도는 제 안에 있던 모든 것이 저절로 빠져나와 버리게 만들었습니다. 어떻게 그렇게 되었는지 저도 알 수 없습니다만, 정말 그랬습니다."

"당신의 변명 같은 건 우리에게 필요없어. 정상참작이란 우리 사전에는 없다. 우리의 법은 범할 수 없는 것이며, 어떠한 예외도 허용치 않아. 어쨌든 우리는 그 이상한 어린이를 조심해야겠다. 이름이 뭐지?"

"모모라고 합니다."

"남자앤가, 여자앤가?"

"조그만 여자애입니다."

"거주지는?"

"원형극장의 옛 터에 삽니다."

모든 것을 수첩에 적어 넣고 판사는 말을 했다.

"좋아. 이 아이가 다시는 우리들에게 손해를 끼치지 못하리라는 걸 믿어도 좋다. 피고, 무슨 수단을 써서라도 그렇게 해야 한다. 판결을 즉시 집행하는 것이 피고에게도 덜 고통스럽겠지?"

피고는 와들와들 떨기 시작했다.

"어떤 판결이 내려졌습니까?"

그는 조그만 소리로 물었다.

재판석 뒤의 세 사나이는 서로 머리를 맞대로 무언가를 수군거리더니 고개를 끄덕였다.

그러고 나서 가운데 사나이가 피고를 향해 선고했다.

"외무사원 BLW/553/c호에 대해 만장일치로 다음과 같이 형을 선고한다. 피고의 죄는 대역죄임이 판명되었다. 피고 자신도 본인의 죄과를 인정하였다. 우리가 정한 바에 따라 피고에게는 벌로서 모든 시간의 급여를 즉각 중지한다."

"제발 너그러운 용서를!"

피고가 소리쳤다. 하지만 어느새 그의 옆에 서 있던 다른 두 사나이가 그로부터 납회색 서류 가방과 작은 시가를 빼앗았다.

그러자 참으로 괴상한 일이 벌어졌다. 선고를 받은 피고가 시가를 빼앗긴 순간, 그는 점점 투명한 인간으로 변하는 것이었다. 그의 비명도 점점 가느다랗게 들려왔다. 그렇게 그는 선 채로 두 손으로 얼굴을 가리고 말 그대로 연기처럼 사라져 버리는 것이었다. 맨 마지막 순간에는 몇 개의 잿가루가 둥근 원을 그리며 도는가 싶더니 그것마저 곧 사라져 버렸다.

재판에 입회하여 방청을 하던 회색 사나이들도 말없이 사라져 갔고 곧 어둠이 그들을 삼켜버렸다. 다만 회색 바람만이 황량한 쓰레기 하치장 위로 불고 있었다.

도로청소부 베포는 여전히 꼼짝 않고 앉아서 피고가 사라져 버린 곳을 뚫어지게 바라보았다. 얼음덩어리처럼 얼어붙었던 몸이 이제 서서히 다시 녹는 것 같은 기분이 들었다.

이제야 그는 회색 사나이들의 존재를 직접 자신의 눈으로 보고 알게 된 것이다.

이와 거의 같은 시각에 아득히 먼 곳의 시계탑이 자정을 알렸다. 꼬마 모모도 역시 여전히 원형극장 돌계단에 앉아 있었다. 모모는 기다리고 있었다. 무엇을 기다리고 있는지 자신도 확실히 모르지만 어쨌든 모모는 무엇인가 기다려야 할 것만 같았다. 그래서 지금껏 잠자러 갈 생각도 하지 않았던 것이다.

그때 갑자기 무엇인가 맨발을 살그머니 건드리는 듯한 감촉이 느껴졌다. 칠흑같이 어두워서 모모는 몸을 굽혀 가만히 살폈다. 그러자 커다란 거북 한 마리가 모모의 눈에 띄었다. 거북은 머리를 곧추세우고 입가에 묘한 웃음을 띠우며 모모의 얼굴을 똑바로 쳐다보고 있었다. 거북의 지혜롭게 보이는 새까만 두 눈은 막 무슨 얘기를 꺼내려는 듯이 다정하게 반짝였다.

모모는 깊숙이 몸을 굽히고 손가락으로 거북의 턱밑을 쓰다듬으며 말을 걸었다.

"이봐, 넌 대체 누구지? 고맙다. 너라도 나를 찾아주어서. 그런데 거북아, 대체 내게 무슨 볼 일이 있어서 왔니?"

모모는 소곤소곤 물었다.

아까부터 거기에 있었는데도 모모가 지금까지 못 알아본 것인지, 아니면 방금 나타났는지 알 수가 없었다. 어쨌든 반짝 거북의 등딱지 무늬가 빛나면서 몇 개의 갑골문 같은 글자가 어렴풋이 보였다.

"따라 와라!"

모모는 한참 걸려 글자를 해독했다.

모모는 깜짝 놀라 벌떡 몸을 일으켰다.

"나에게 하는 말이니?"

하지만 거북은 벌써 움직이기 시작했다. 그리고 몇 걸음 가다가 멈추더니 모모를 뒤돌아보았다.

"정말 나에게 하는 말이었구나!"

모모는 혼잣말로 중얼거렸다. 그리고 나서는 일어서서 거북의 뒤를 따라갔다.

"자, 어서 가기나 해! 잘 따라갈 테니."

모모가 나직이 말했다.

이리하여 모모는 종종걸음으로 한 발짝 한 발짝 거북을 좇아갔다. 거북은 돌로 된 폐허를 빠져나와서 대도시를 향해 아주 느릿느릿 걸어갔다.

다급한 추적과 느긋한 도주

베포 할아버지는 삐걱거리는 자전거를 타고 밤길을 달렸다. 그는 있는 힘을 다해서 전속력으로 달렸다. 회색 일당의 판사가 했던 말이 여전히 그의 귀에 울리고 있었다.

"……우리는 이 이상한 어린이를 조심해야겠다……이 아이가 다시는 우리들에게 손해를 끼치지 못하리라는 걸 믿어도 좋다……우리는 무슨 수단을 써서라도 그렇게 해야 한다……."

모모에게 극도의 위험이 다가오고 있다는 사실에는 의심할 여지가 없었다. 그는 당장 모모한테로 가서 회색 사나이들을 조심하라고 일러주고 그들로부터 모모를 보호해 주지 않으면 안 되었다. 비록 그 자신도 보호할 방법은 모르고 있었지만, '해보면 어떻게 되겠지' 하고 생각하며 베포는 미친 듯이 페달을 밟았다. 그의 하얀 머리카락이 바람에 날렸다.

원형극장에 이르는 길은 아직 아득하기만 했다.

그 무렵 원형극장의 폐허는 사방을 에워싸고 서 있는 수많은 멋진 회색 자동차의 헤드라이트로 대낮처럼 환하게 밝았다. 수십 명의 회색 사나이들이 잔디가 자라나 있는 계단을 부지런히 오르락내리락하며 구석구석을 샅샅이 뒤지고 있었다.

마침내 그들은 모모의 방으로 통하는 성벽의 구멍까지 발견해 냈다. 몇 사람이 그 안으로 기어들어가 침대 밑을 뒤져보고, 심지어는 벽난로 속까지 들여다보았다. 그리고 그들은 다시 기어올라와 멋진 회색 양복에 묻은 먼지를 탁탁 털고는 어깨를 으쓱했다.

"사냥감을 놓쳤군."

한 사나이가 말했다.

"한심스럽군. 누군가 그 사이에 알려주어 달아나게 했나보군."

다른 자가 말했다.

"그렇게는 할 수 없잖소? 그렇다면 그 자는 우리가 결정을 내리기도 전에 미리 알았다는 얘기가 되니까!"

첫번째 사나이가 말했다.

회색 사나이들은 얼이 빠진 듯 서로 쳐다보았다.

그러다가 세번째 사나이가 달리 생각해 볼 여지가 있다는 듯이 말했다.

"어쨌든 우리 편 누군가가 꼬마에게 귀띔을 해주었다면 이 근방에 있을 리가 없지요. 그러니 여기를 더 뒤진다는 건 결국 시간 낭비밖에 안 됩니다."

"그럼, 무슨 좋은 수라도 있소?"

"내 생각으로는 즉각 본부에 보고를 해야 할 것 같군요. 그래야 본부에서도 대부대의 출동을 명령할 테니까요."

"하지만 본부에서는 우선 우리가 이 주변을 철저히 수색했는가 물어볼 것이오. 당연한 일이지만요."

그러자 첫번째 회색 사나이가 말했다.

"자, 그럼 우선 주변을 샅샅이 뒤집시다. 그렇지만 그러는 동안에도 이 꼬마가 우리 패거리의 도움이라도 받고 있다면, 우리로서는 결국 커다란 실수를 저지르는 셈이 되겠지요."

"있을 수 없는 일이오! 그런 경우엔, 본부에서 언제라도 즉각 대부대를 투입하라고 명령할 수 있소. 그렇게 되면 출동할 수 있는 전원이 이 추적에 가담하게 되겠지요. 꼬마가 우리의 망을 빠져나갈 수는 없을 거요! 그럼 일을 시작합시다. 여러분! 알다시피 사태는 심각해졌소."

다른 사나이가 사뭇 화를 내며 큰 소리로 말했다.

이날 밤, 이웃 마을 사람들은 도대체 왜 밤새도록 자동차가 질주하는 소음이 그치지 않는지 이상스럽게 생각하였다.

보통때에는 간선도로에서만 들려오던 요란한 자동차소리가 심지어는 좁디좁은 골목길과 우툴두툴하기 짝없는 자갈길에 이르기까지 새벽이 되도록 시끄럽게 들려왔던 것이다. 모두가 잠시도 눈을 붙일 수가 없었다.

바로 그 무렵, 꼬마 모모는 거북의 안내를 받아 대도시를 천천히 걸어가고 있었다. 대도시는 이토록 깊은 밤에도 잠을 자지 않고 있었다.

엄청난 사람들이 떼를 지어 혼잡스럽게 허겁지겁 달려가며
참을성 없이 서로를 밀쳐내고 욕설을 주고받거나 끝없이 길게
열을 지어 종종걸음을 쳤다. 차도에서는 자동차들이 빽빽하게
몰려 달리고 그 사이로 한결같이 초만원을 이룬 대형 버스들이
으르렁거리고 있었으며, 건물의 정면벽마다 네온사인이 번쩍이
며 도시의 번잡함을 한층 더하듯 현란한 빛을 더욱 강렬하게 쏟
아내고 있었다.

이런 모든 광경을 처음 보는 모모는 꿈을 꾸듯이 눈을 동그
랗게 뜨고 마냥 거북의 뒤를 좇아가고 있었다. 그들이 수많은
넓은 광장, 밝게 빛나는 거리를 가로질러 갔을 때 자동차들은
그들의 앞뒤로 스치며 질주하고 있었고 통행인들이 웅성거리며
그들 곁을 지나갔다. 하지만 거북과 함께 가는 이 꼬마에게 눈
길을 돌리는 사람은 아무도 없었다.

모모와 거북은 한 번도 누군가를 일부러 피해 갈 필요가 없
었다. 누구와 부딪힌 적도 없었고, 급브레이크를 밟게 한 적도
없었다. 거북은 어느 순간에 어디로 가야 달리는 자동차나 걷는
사람이 없다는 것을 분명하게 알고 있는 것 같았다. 그래서 그
들은 한 번도 서두를 필요가 없었고 기다리느라 걸음을 멈출 필
요도 없었다. 모모는 그토록 천천히 걸어가면서도 그토록 빨리
갈 수 있다는 게 신기하게 여겨지기 시작했다.

한편 도로청소부 베포는 간신히 원형극장 옛 터에 이르자,
자전거에서 채 내리기도 전에 희미한 자전거 불빛 속에서도 폐

허 주변을 휩쓸고 지나간 수많은 자동차 바큇자국을 발견할 수 있었다. 그는 자전거를 풀밭에 팽개치고 성벽의 구멍으로 달려갔다.

"모모!"

처음에는 소리를 죽여 부르고, 다음에는 약간 크게 불러 보았다.

"모모!"

대답이 없었다.

베포는 꿀꺽 침을 삼켰다. 목이 칼칼했다. 그는 성벽 구멍에서 깜깜한 방 속으로 기어내려가다가 뭔가에 걸려 비틀거리다가 발목을 삐었다. 그는 떨리는 손으로 성냥불을 켜고 주변을 둘러보았다.

판자 조각으로 만든 작은 책상과 두 개의 의자는 뒤집혀져 있었고 이불과 두꺼운 요도 침대에서 젖혀져 있었다. 모모는 그곳에 없었다.

베포는 입술을 깨물고, 그 순간 가슴이 찢어지고 목이 메도록 복받치는 흐느낌을 억지로 참았다.

"이게 무슨 일이람! 아, 어쩌면 좋지? 벌써 그 자들이 모모를 납치해 갔구나. 꼬마 소녀를 벌써 끌어갔어. 내가 너무 늦게 왔군. 대체 이제 어떻게 하면 좋담? 어떻게 하면 좋지?"

그는 혼자 중얼거렸다.

그때 그는 성냥불에 손가락을 데었다. 그는 성냥을 내던지고 깜깜한 어둠 속에 그대로 서 있었다.

그리고 허겁지겁 다시 밖으로 나와 뻰 발을 절뚝거리며 자전거 쪽으로 걸어갔다. 그리고 자전거에 훌쩍 뛰어올라 다시 페달을 밟아 달렸다.

"지지를 만나야 해! 지지를 찾아야겠어! 그 친구가 자고 있는 창고를 찾았으면 좋겠는데."

그는 거듭 혼잣말을 했다.

베포는 지지가 얼마 전부터 일요일 밤마다 어느 작은 자동차 해체공장의 부속품 창고에서 잠을 자면서 몇 푼씩 돈을 벌고 있다는 것을 알고 있었다. 거기서 아직도 쓸 수 있는 자동차 부속품이 자주 없어지자 지지에게 지키게 했던 것이다.

베포가 마침내 창고에 이르러 주먹으로 문을 꽝꽝 두드리자, 지지는 처음엔 자동차 부속 도둑쯤으로 생각하고 꼼짝 않고 숨을 죽이고 있었다. 하지만 곧 베포의 음성을 알아듣고 문을 열었다.

"웬일이세요? 이렇게 곤히 자는 사람을 사정없이 깨우다니.

그가 누구든 난 참을 수가 없어요."

그는 깜짝 놀란 얼굴로 불안스럽게 말했다.

"모모한테…… 모모한테 끔찍한 일이 벌어졌어!"

베포가 숨이 차서 헐떡이며 말했다.

"무슨 말씀이세요?"

지지는 이렇게 되묻고는 어쩔 줄 몰라 하며 잠자리 위에 걸터앉았다.

"모모한테요? 도대체 무슨 일이 생겼어요?"

"나도 아직은 모르겠어. 하지만 나쁜 일이야."

그리고 베포는 자기가 보고 들은 일을 전부 들려주었다.

쓰레기 하치장에서 있었던 재판 이야기, 원형극장 주변의 자동차 바큇자국에 대한 이야기, 그리고 모모가 없어졌다는 이야기를 했다. 물론 그가 이야기를 전부 마치기까지에는 꽤 시간이 걸렸다. 모모가 걱정되어 애가 탔지만 그로서는 더 이상 빨리 말하기는 불가능했던 것이다.

"나는 처음부터 그런 예감을 가졌었어. 난 일이 순조롭지 않으리라는 걸 알고 있었어. 지금 그 자들은 보복을 한 거야. 모모를 납치해 갔어! 어쩌면 좋겠나, 지지, 우리는 모모를 구해야 해! 그런데 어떻게? 어떻게?"

베포는 이렇게 자기의 보고를 끝맺었다.

베포의 말을 듣고 있는 동안에 지지의 얼굴에서 서서히 핏기가 가셨다. 그는 갑자기 발밑의 바닥이 꺼져버린 것 같은 느낌이었다. 이 순간까지는 모든 것이 그에겐 연극이었다. 이번 일도 그에게는 진지한 연극놀이였다.

그는 모든 연극과 이야기를 진지하게 대해 왔다, 다만 그 결과를 생각해 보지 않은 채. 그런데 그의 생애에서 처음으로 하나의 이야기가 그를 빼놓고 제멋대로 앞으로 계속 나아가 버렸다. 그리고 세상의 모든 상상력을 동원해도 그 이야기를 되돌릴 수는 없게 되어버렸다. 그는 온몸에서 힘이 쭉 빠져나가는 것을 느꼈다.

"이봐요, 베포 아저씨! 모모가 잠깐 산책을 갔을 수도 있잖아요? 모모는 산책을 좋아하니까요. 한 번은 사흘 밤낮을 시골로 떠돌아다닌 적도 있었는걸요. 아직은 우리가 그렇게 크게 걱정할 필요가 없을지도 모른다는 생각이 들어요."

잠시 후 그가 말했다.

"그럼 자동차 바큇자국은? 그리고 흐트러진 침대는?"

베포는 화가 나서 물었다.

"아, 좋아요."

지지는 공격을 피하듯이 대답했다.

"그럼, 정말로 거기 누가 왔었다고 가정해 보지요. 그렇다 하더라도 그 자가 모모를 찾아냈다고 누가 그러던가요? 모모는 벌써 그 전에 어디론가 가버렸을 수도 있어요. 안 그랬다면 무엇 때문에 그렇게 온통 뒤집어놓았겠어요?"

"그렇지만 어쨌든 그놈들이 모모를 찾아냈다면? 그럼 어떻게 하지?"

베포가 소리쳤다. 그는 젊은 친구의 목덜미를 움켜잡고 심하게 흔들어댔다.

"지지, 바보같이 굴지 마! 회색 사나이들은 실제로 있는 거야! 우리는 무슨 조치를 취해야 해, 당장에!"

"좀 진정하세요, 베포 아저씨. 물론 우리는 무슨 수를 써야해요. 그렇지만 신중히 생각해야지요. 우린 대체 모모를 어디서 찾아야 할지조차 모르고 있잖아요."

지지는 얼이 빠져서 말을 더듬었다.

"경찰서로 가겠어!"

베포는 지지를 놓고, 한마디 내뱉었다.

"어리석은 소리 마세요! 그렇게 하시면 안 돼요! 경찰이 나서서 우리 모모를 정말 찾아낸다고 칩시다. 그 다음에 경찰이 모모를 어떻게 할지 아세요? 아시잖아요, 베포 아저씨! 떠돌이 고아들이 어디로 보내지는지 아시죠? 창살이 있는 보호소에다 처넣을 거예요! 우리 모모가 그런 걸 당해야겠어요?"

지지는 깜짝 놀라 소리쳤다.

"아니, 그건 싫어. 그렇지만 모모가 정말 어려움에 빠져 있다면?"

베포는 힘없이 중얼거리면서 어쩔 줄 모르고 멍하니 앞만 바라보았다.

"하지만 모모가 그렇지 않은 경우도 생각해 보세요. 모모는 정말 잠깐 어딘가 떠돌아다니고 있을 뿐인데 아저씨가 경찰에다 신고를 해버린다면, 보호소로 보내질 때 모모가 어떤 얼굴로 아저씨를 보겠어요? 나는 아저씨처럼 행동하진 않겠어요."

베포는 식탁 앞의 의자에 털썩 주저앉아 얼굴을 팔에 묻었다.

"어떻게 해야 할지 모르겠어. 정말 모르겠어."

그는 신음소리를 냈다.

"내 생각에는 어쨌든 내일이나 모레까지라도 기다려 보는 게 좋을 것 같아요. 그때까지도 모모가 안 돌아오면 그때 경찰서에 가도 되지 않겠어요? 그렇지만 그때까지는 모든 일이 제대로 되어 우리 셋이 그동안 벌어진 어처구니없는 일에 대해 틀림없이 웃게 될 거예요."

"그렇게 생각하니?"

베포는 문득 사정없이 몰려오는 피로감에 사로잡혀 중얼거렸다. 노인에게는 오늘 하루 일이 너무 많았던 것이다.

"그럼요."

지지는 베포의 뺀 발에서 구두를 벗겼다. 그는 노인을 부축해서 침대에 옮기고 뺀 발에 찜질을 해주었다.

"곧 좋아질 거예요. 모든 것이 정상으로 돌아올 거예요."

그는 다정하게 말했다.

베포가 어느새 잠이 든 것을 보고 지지는 한숨을 내쉬고는 자신은 웃도리를 베개 삼아 머리 밑에 괸 채 땅바닥에 드러누웠다. 하지만 잠을 이룰 수가 없었다. 밤새도록 회색 사나이들에 대한 생각이 머리를 떠나지 않았다. 그리고 지금껏 아무런 거리낌없이 살아온 그로서는 평생 처음으로 불안으로 가슴이 터질 지경이었다.

시간저축은행의 본부로부터 대규모 출동 명령이 내려졌다. 대도시에 있는 모든 시간저축은행원은 다른 업무를 일체 중단하고 오로지 모모라는 소녀를 수색하는 데 전념하라는 지시를 받았다.

거리마다 회색 사나이들로 넘쳐났다. 지붕 위에도 지하 하수도에도 앉아 있었다. 역과 비행장, 버스와 전차를 눈에 띄지 않게 감시하고 있었다. 그들은 어디에서나 눈알을 번득이고 있었다.

하지만 모모를 찾지 못했다.

"얘 거북아! 도대체 날 어디로 끌고 가니?"

모모가 물었다.

이 둘은 이제 막 어느 컴컴한 뒤뜰을 지나가고 있었다.

"걱정 마!"

거북의 등에 다시 글자가 나타났다.

"나도 걱정은 안 해."

모모는 글자를 해독한 다음 대답했다.

이 말은 사실 스스로 용기를 북돋우기 위해 자신에게 한 말에 더 가까웠다. 모모도 마음 속으로는 은근히 걱정되었던 것이다. 거북이 끌고 가는 길은 갈수록 복잡한 미로였다. 그들은 벌써 수많은 정원을 지나왔고 다리를 건넜으며, 구름다리 밑을 지나고 큰 대문과 복도를 지나왔다. 뿐만 아니라 몇 번인가는 지하도까지 지났다.

만약 회색 사나이들이 총동원되어 자기를 추적하고 있다는 사실을 알았다면, 모모는 아마 훨씬 더 큰 불안을 느꼈을 것이다. 하지만 모모는 그 사실을 까맣게 모르고 있었다. 그래서 참을성 있게 한 발짝 한 발짝씩 그토록 복잡해 보이는 길을 따라 거북의 뒤를 좇아갔다.

이 행진은 순조로웠다. 거북은 시내의 혼잡 속에서도 자기가 걸어가야 할 길을 미리 정해 놓은 것 같았으며, 언제 어디서 추적자가 나타나리라는 것조차 미리 정확히 알고 있는 것 같았다. 둘이서 막 지나간 장소에 곧바로 회색 사나이들이 지나간 경우가 여러 번 있었다. 그래서 그들은 한 번도 모모와 맞닥뜨리지 않았던 것이다.

"내가 글자를 잘 읽게 되어 참 다행이야. 그렇게 생각하지 않니?"

그와 같은 일을 전혀 모르는 모모가 말했다.

거북의 등판에 주의 신호처럼 "조용히 해"라는 글자가 반짝였다.

모모는 까닭을 몰랐지만 지시에 따랐다. 그러자 가까운 곳에서 세 사람의 어두운 그림자가 지나갔다.

둘이 지금 지나고 있는 도시 구역의 집들은 점점 회색에 가까워졌고 점점 더 초라해졌다. 회로 바른 벽이 부스러져 떨어져 나간 높은 아파트 건물들이, 그리고 물이 괸 구멍투성이의 길이 양 옆으로 늘어서 있었다. 이곳은 모든 것이 어두웠고 인적조차 뜸했다.

시간저축은행의 본부에 모모를 보았다는 보고가 들어왔다.

"좋아, 체포했느냐?"

"아닙니다. 꼬마는 땅바닥에 흡수된 것처럼 갑자기 사라졌습니다. 그리고는 행방을 알 수가 없었습니다."

"도대체 어떻게 그럴 수가 있느냐?"

"우리도 그 점이 의문입니다. 무엇인가 석연치 않습니다."

"너희들이 꼬마를 본 장소는 어디였느냐?"

"바로 그게 이상합니다. 전혀 낯선 구역이었습니다."

"뭐? 그런 구역이란 있을 수가 없다."

본부에서는 자신 있게 잘라 말했다.

"분명히 있습니다. 어떻게 말씀드려야 할까요? 마치 이 구역은 우리 시간의 경계선에 자리잡고 있는 것 같았습니다. 그리고 그 아이는 바로 이 경계선을 향해 움직이고 있었습니다."

"뭐라고? 추적을 계속하라! 무슨 일이 있어도 꼬마를 잡아야 한다! 알았나?"

본부에서는 악을 썼다.

"알겠습니다!"

잿빛 목소리가 대답했다.

처음에 모모는 동이 트는 것이려니 하고 생각했다. 하지만 이 이상야릇한 빛은 갑자기 왔다. 정확하게 말하면 이 거리로 접어든 그 순간이었다.

이곳은 이미 밤이 아니었다. 그렇다고 낮도 아니었다. 이 어스름한 빛은 아침의 빛도 밤의 빛도 아니었다. 그것은 모든 사물의 윤곽을 너무나 기묘하고도 선명하고 뚜렷하게 비추고 있었지만, 어딘가에서 쏟아져 들어오는 그런 빛이 아니었다.

오히려 사방에서 동시에 비쳐 드는 듯했다. 심지어 거리의 작은 조약돌에 이르기까지 기다란 그림자를 드리웠지만, 그림자들이 각기 서로 다른 방향으로 뻗어 있었다. 이를테면 저쪽의 나무는 왼편에서, 이 집은 오른편에서, 저 건너편의 기념비는 정면에서 빛을 받고 있는 것 같았다.

더욱이 그 기념비 자체도 정말 이상한 모습이었다. 새까만 돌로 된 커다란 사각형 모양의 돌 받침대 위에 엄청나게 큰 하얀 달걀 모양의 것이 세워져 있었다. 그것이 전부였다.

집들도 지금껏 모모가 보아온 모든 집들과는 달랐다. 그것들은 눈이 부실 정도로 흰 빛이었다. 창 안은 깜깜해서 그 안에 도대체 누가 사는지 어떤지 알 수가 없었다. 하지만, 어쨌든 모모는 이 집들은 사람이 살기 위해 지어진 것이 아니고 다른 신비스러운 목적을 위해 지어졌다는 느낌을 받았다.

이 거리는 완전히 텅 비어 있었다. 인적이 없을 뿐 아니라 개도, 새들도, 자동차도 볼 수 없었다. 모든 것이 움직임 없이 유리 상자 속에 갇혀 있는 듯이 보였다. 스치는 바람조차 없었다.

모모는, 거북이 아까보다 한결 더 느릿느릿 가고 있음에도 불구하고 빨리 앞으로 나아가는 것이 이상스럽게 여겨졌다.

이 기묘한 구역의 바깥쪽, 밤이 지배하고 있는 도시에서도 헤드라이트를 켠 미끈한 자동차 세 대가 곳곳에 움푹 패인 자국이 있는 길을 빠르게 달리고 있었다. 어느 차나 마찬가지로 여러 명의 회색 사나이들이 타고 있었다. 맨 앞 차에 탄 한 사람이, 이상한 빛이 시작되는 하얀 집의 길거리로 모모가 들어가는 것을 목격했던 사나이였다.

하지만 회색 사나이들이 그 모퉁이에 이르렀을 때 그야말로 불가사의한 일이 벌어졌다. 별안간 자동차가 앞으로 전혀 나아가지를 않는 것이었다. 운전 기사는 액셀러레이터를 밟았고 바퀴는 요란한 소리를 냈지만, 자동차 바퀴는 헛돌 뿐이었다. 마치 같은 속도로 반대 방향으로 돌아가는 콘베이어 벨트에 말려들어간 것 같았다. 따라서 속력을 내면 낼수록 차는 나아가지 못했다.

회색 사나이들은 이 사실을 깨닫고 화가 나서 투덜거리며 차에서 훌쩍 뛰어내려, 아직도 멀리 보이고 있는 모모를 쫓아가려고 했다. 그들은 얼굴을 잔뜩 찌푸리고 있는 힘을 다해 달렸지만 결국 지쳐서 멈출 수밖에 없었다. 그때까지 그들이 접근한 거리는 겨우 10미터밖에 안 되었다. 그때 모모는 이미 저 멀리 어딘가 눈처럼 새하얀 건물 사이로 사라져 버렸다.

"사라졌어! 사라졌어, 이젠 끝장이야! 다시는 그 꼬맹이를 찾을 수 없을 거요."

그들 중의 한 사나이가 말했다.

"알 수 없는 일이야. 어째서 우리는 앞으로 나아갈 수 없었을까?"

다른 사나이가 말했다.

"나도 모르겠소. 문제는 다만, 우리들이 놓친 이유를 본부에서 인정해 주느냐 하는 거요."

첫번째 사나이가 말했다.

"우리가 재판에 회부될 거라는 말이오?"

"우리가 칭찬받지 못할 것만은 틀림없지요……."

이 일에 참여했던 모든 회색 사나이들은 풀이 죽어서 자동차의 엔진 덮개와 범퍼 위에 걸터앉았다. 이렇게 되고 보니 그들도 더 이상 서두를 필요가 없어졌다.

멀고 아득한 곳, 눈처럼 새하얀 텅 빈 거리와 광장의 푹 패어진 곳을 모모는 거북을 따라 걷고 있었다. 그들은 너무나 천천히 걷고 있었기 때문에, 오히려 길이 미끄러져 뒤로 물러가고 건물들이 스쳐 지나가는 것 같았다.

또다시 거북은 모퉁이로 굽어들었다. 모모는 계속 거북의 뒤를 따랐다. 그러다가 깜짝 놀라 그 자리에 우뚝 섰다.

이 거리는 지금까지의 모든 거리와는 전혀 다른 광경을 보여주고 있었기 때문이다.

그곳은 좁은 골목이었다. 좌우로 나란히 줄지어 늘어선 집들은 온통 유리로 된 화려한 궁전처럼 보였다. 작은 탑, 지붕에 난 창문, 테라스 등으로 장식된 집들은, 태초에는 바다 밑에 세웠다가 지금 갑자기 해초류를 늘어뜨리고 조개며 산호로 뒤덮인 형태로 불쑥 솟아오른 것 같았다. 게다가 그 전체는 진주조개처럼 은은한 일곱 가지 빛깔로 영롱하게 빛나고 있었다. 이 골목 끝에 한 채의 건물이 비스듬히 서 있고, 그곳에서 골목이 끝나 있었다. 그 집의 중앙에는 굉장한 조각을 새긴 초록색 대문이 있었다.

모모는 바로 자기 머리 위의 벽에 붙어 있는 도로 표지판을 올려다보았다. 흰 대리석판 위에 황금색으로 다음과 같은 글귀가 새겨져 있었다.

초시간超時間의 거리

모모가 머리를 들어 이 글자를 읽기까지에는 불과 몇 초밖에 걸리지 않았는데도, 거북은 어느덧 저만큼 앞장서 거의 골목 끝 막다른 집 앞에 서 있었다.

"좀 기다려, 거북아!"

모모는 소리쳤다. 하지만 이상스럽게도 모모한테는 자기의 목소리가 들리지 않았다.

그런데도 거북은 알아들었는지 걸음을 멈추고 뒤돌아보았다. 모모는 거북을 좇아가려 했다. 하지만 초시간의 거리로 접어들자마자 물속에 잠긴 듯한, 세찬 역류에 휘말린 듯한 또는 강한 역풍에 부딪힌 듯한 느낌이—실제로 느껴지진 않았지만—들었다. 모모는 이 수수께끼 같은 힘을 이겨내려고 몸을 비스듬히 해서 돌담의 튀어나온 부분에 매달려 앞으로 나가는 시늉을 하거나 때로는 방향을 잃고 기어가곤 했다.

"난 거기까지 갈 수가 없어! 날 좀 도와줘!"

할수없이 모모는 골목 안의 거북을 향해 소리를 질렀다.

거북은 느린 걸음으로 되돌아왔다. 마침내 모모 앞에 와서 멈추었을 때 거북의 등에 지시사항이 나타났다.

"뒤로 돌아서서 가!"

모모는 그 말에 따라 몸을 돌려 뒷걸음질을 했다. 그러자 갑자기 조금도 힘들지 않고 앞으로 나아갈 수 있었다. 그야말로 불가사의한 일이었다. 즉 모모는 거꾸로 걸음으로써 생각도 거꾸로 하고 숨도 거꾸로 쉬며, 무엇이든 다 거꾸로 하는 것이었다.

드디어 모모는 무언가 딱딱한 것에 부딪혔다. 몸을 돌려 바라보니 거리와 비스듬히 서 있는 막다른 건물이었다. 조각이 새겨진 초록빛 철문 앞에 이르자 어마어마한 크기에 모모는 조금 놀랐다.

'대체 이 문이 내 힘으로 열릴까?'

모모는 걱정스럽게 생각했다. 하지만 바로 그 순간, 어느새 육중한 문짝이 양편으로 저절로 열렸다.

모모는 그래도 다시 한 번 잠시 머뭇거렸다. 대문 위에 또 하나의 표지판이 있는 것을 발견했기 때문이다. 유니콘의 머리 위 표지판에는 이렇게 적혀 있었다.

초공간超空間의 집

글자를 재빨리 읽지 못해 모모가 머뭇거리는 사이 양쪽 문짝이 어느새 천천히 닫히려고 했다. 모모가 얼른 대문을 통과해 들어가자 육중한 대문이 꽝 소리를 내며 닫혔다.

안은 천장이 높고 긴 복도가 열려 있었다. 양 옆으로는 일정한 간격으로 돌로 된 남녀의 나체 조각상이 서 있었는데, 그것이 천장을 받쳐주고 있는 것 같았다. 나아가려 하면 반대로 밀려나는 신비스러운 역류의 흔적은 여기서는 이미 느낄 수 없었다.

모모는 자기 앞을 기어가는 거북을 따라 긴 복도를 지났다. 복도 끝에 이르자 거북은 조그만 문앞에 멈춰 섰다. 모모도 몸을 구부려야 겨우 들어설 수 있는 작은 문이었다.

"다 왔어."

거북의 등에 글자가 나타났다.

모모는 몸을 굽혀 바로 코앞 작은 문 위에 걸려 있는 표지판을 보았다.

세쿤두스 미누티우스 호라* 박사

모모는 심호흡을 하며 마음을 가다듬고 작은 문의 손잡이를 돌렸다. 작은 문이 열리자 안쪽에서 째깍째깍 똑딱똑딱 땡땡 하는 여러 가지의 시곗소리가 한꺼번에 음악소리처럼 울려 나왔다. 꼬마 모모가 거북의 뒤를 따라서 안으로 들어섰다. 그러자 작은 문은 스스로 닫혔다.

〈하권으로 계속〉

---

*Secundus Minutius Hora: 라틴어로 초, 분, 시간의 뜻.

▨ 옮긴이

전남 여천 출생.
일본 오사카외국어대학(독일어학부)과
동국대학교 대학원을 졸업한 문학박사.
전남대, 성균관대, 동국대 교수 역임.
부산산업대 명예교수 역임.

지은책으로는 《괴테어록·시집》《히틀러 어록》 등이 있으며,
옮긴책으로는 《안네의 일기》《밤과 함께》《나의 투쟁》 등이 있음.

모모(상)

1988년	6월 10일	초판 1쇄 발행
1994년	4월 30일	2 판 1쇄 발행
2005년	8월 25일	2 판 2쇄 발행

지은이   미하엘 엔데
옮긴이   서 석 연
펴낸이   윤 형 두
펴낸데   **범 우 사**

출판등록 1966. 8. 3.   제406—2003—048호
(413-756) 경기도 파주시 교하읍 문발리 출판단지 525-2
전화대표 031-955-6900~4 / FAX 031-955-6905

편집·교정/윤아트·신영미

* 책값은 뒤표지에 있습니다.
* 파본은 교환해 드립니다.

ISBN 89-08-03325-4 04850   http://www.bumwoosa.co.kr
       89-08-03202-9 (세트)   (E-mail) bumwoosa@chol.com

2005년 서울대·연대·고대 권장도서 및

논술시험 준비중인 청소년과 대학생을

범우비평판

1 **토마스 불핀치** 1 그리스·로마 신화 최혁순 ★●
　　　　　　　 2 원탁의 기사 한영환
　　　　　　　 3 샤를마뉴 황제의 전설 이성규
2 **도스토예프스키** 1-2 죄와 벌(전2권) 이철 ◆
　　　　　　　 3-5 카라마조프의 형제(전3권) 김학수 ★●
　　　　　　　 68 백치(전3권) 박형규
　　　　　　　 9-11 악령(전3권) 이철
3 **W. 셰익스피어** 1 셰익스피어 4대 비극 이태주 ★★★
　　　　　　　 2 셰익스피어 4대 희극 이태주
　　　　　　　 3 셰익스피어 4대 사극 이태주
　　　　　　　 4 셰익스피어 명언집 이태주
4 **토마스 하디** 1 테스 김회진 ◆
5 **호메로스** 1 일리아스 유영 ★★◆
　　　　　　　 2 오디세이아 유영 ★●◆

6 **밀 턴** 1 실낙원 이창배
7 **L. 톨스토이** 1 부활(전2권) 이철
　　　　　　　 3-4 안나 카레니나(전2권) 이철 ★●
　　　　　　　 5-8 전쟁과 평화(전4권) 박형규 ◆
8 **토마스 만** 1-2 마의 산(전2권) 홍경호 ★●◆◆
9 **제임스 조이스** 1 더블린 사람들·비평문 김종건
　　　　　　　 2-5 율리시즈(전4권) 김종건
　　　　　　　 6 젊은 예술가의 초상 김종건 ★★★
　　　　　　　 7 피네간의 경야(抄)·詩·에피파니 김종건
　　　　　　　 8 영웅 스티븐·망명자들 김종건
10 **생 텍쥐페리** 1 전시 조종사(외) 조규철
　　　　　　　 2 젊은이의 편지(외) 조규철·이정림
　　　　　　　 3 인생의 의미(외) 조규철
　　　　　　　 4-5 성채(전2권) 염기용
　　　　　　　 6 야간비행(외) 전채린·신경자
11 **단테** 1-2 신곡(전2권) 최현 ★★◆
12 **J. W. 괴테** 1-2 파우스트(전2권) 박환덕 ★★★
13 **J. 오스틴** 1 오만과 편견 오화섭 ◆
　　　　　　　 2-3 맨스필드 파크(전2권) 이옥용
14 **V. 위 고** 1-5 레 미제라블(전5권) 방곤
15 **임어당** 1 생활의 발견 김병철
16 **루이제 린저** 1 생의 한가운데 강두식
　　　　　　　 2 고원의 사랑·옥중기 김문숙·홍경호
17 **게르만 서사시** 1 니벨룽겐의 노래 허창운
18 **E. 헤밍웨이** 1 누구를 위하여 종은 울리나 김병철
　　　　　　　 2 무기여 잘 있거라(외) 김병철 ◆
19 **F. 카프카** 1 성(城) 박환덕
　　　　　　　 2 변신 박환덕 ★●◆
　　　　　　　 3 심판 박환덕
　　　　　　　 4 실종자 박환덕
　　　　　　　 5 어느 투쟁의 기록(외) 박환덕
　　　　　　　 6 밀레나에게 보내는 편지 박환덕

溫故知新으로 21세기를! **범우사** Tel 717-2121 Fax 717-0429
www.bumwoosa.co.kr

미국 수능시험주관 대학위원회 추천도서!

위한 책 최다 선정(31종) 1위!

세계문학

147권
발행 ▶계속 출간

▶크라운변형판
▶각권 7,000원~15,000원
▶전국 서점에서 낱권으로 판매합니다

★ 서울대 권장도서
● 연고대 권장도서
◆ 미국대학위원회 추천도서

20 에밀리 브론테 1 폭풍의 언덕 안동민 ◆
21 마가렛 미첼 1-3 바람과 함께 사라지다(전3권) 송관식·이병규
22 스탕달   1 적과 흑 김봉구 ★●
23 B. 파스테르나크 1 닥터 지바고 오재국 ◆
24 마크 트웨인 1 톰 소여의 모험 김병철
          2 허클베리 핀의 모험 김병철
        3-4 마크 트웨인 여행기(전2권) 박미선
25 조지 오웰   1 동물농장·1984년 김회진
26 존 스타인벡 1-2 분노의 포도(전2권) 전형기 ◆
        3-4 에덴의 동쪽(전2권) 이성호
27 우나무노   1 안개 김현창
28 C. 브론테 1-2 제인 에어(전2권) 배영원 ◆
29 헤르만 헤세 1 知와 사랑·싯다르타 홍경호
          2 데미안·크눌프·로스할데 홍경호
          3 페터 카멘친트·게르트루트 박환덕
          4 유리알 유희 박환덕
30 알베르 카뮈 1 페스트·이방인 방곤 ◆
31 올더스 헉슬리 1 멋진 신세계(외) 이성규·허정애 ◆
32 기 드 모파상 1 여자의 일생·단편선 이정림
33 투르게네프 1 아버지와 아들 이철 ◆
          2 처녀지·루딘 김학수
34 이미록   1 압록강은 흐른다(외) 정규화
35 T. 드라이저 1 시스터 캐리 전형기
        2-3 미국의 비극(전2권) 김병철 ◆
36 세르반테스 1 돈 끼호떼 김현창 ★◆●
          2 (속) 돈 끼호떼 김현창
37 나쓰메 소세키 1 마음·그 후 서석연 ★
          2 명암 김정훈
38 플루타르코스 1-8 플루타르크 영웅전(전8권) 김병철
39 안네 프랑크 1 안네의 일기(외) 김남석·서석연
40 강용흘   1 초당 장문평
          2 동양선비 서양에 가시다 유영

41 나관중   1-5 원본 三國志(전5권) 황병국
42 귄터 그라스 1 양철북 박환덕 ★●
43 아쿠타가와류노스케 1 아쿠타가와 작품선 진웅기·김진욱
44 F. 모리악   1 떼레즈 데께루·밤의 종말(외) 전채린
45 에리히 M.레마르크 1 개선문 홍경호
          2 그늘진 낙원 홍경호·박상배
          3 서부전선 이상없다(외) 박환덕 ◆
46 앙드레 말로 1 희망 이가형
47 A. J. 크로닌 1 성채 공문혜
48 하인리히 뵐 1 아담 너는 어디 있었느냐(외) 홍경호
49 시몬느 드 보봐르 1 타인의 피 전채린
50 보카치오   1-2 데카메론(전2권) 한형곤
51 R. 타고르   1 고라 유영
52 R. 롤랑   1-5 장 크리스토프(전5권) 김창석
53 노발리스   1 푸른 꽃(외) 이유영
54 한스 카로사 1 아름다운 유혹의 시절 홍경호
          1 루마니아 일기(외) 홍경호
55 막심 고리키 1 어머니 김현택
56 미우라 아야코 1 빙점 최현
          2 (속)빙점 최현
57 김현창   1 스페인 문학사
58 시드니 셸던 1 천사의 분노 황보석
59 아이작 싱어 1 적들, 어느 사랑이야기 김회진

근대 개화기부터 8·15광복까지

범우비평판

근대 이후 100년간 민족정신사적으로 재평가, 성찰할 수 있는

❶-1 신채호편 **백세 노승의 미인담**(외) 김주현(경북대)

❷-1 개화기 소설편 **송뢰금**(외) 양진오(경주대)

❸-1 이해조편 **홍도화**(외) 최원식(인하대)

❹-1 안국선편 **금수회의록**(외) 김영민(연세대)

❺-1 양건식·현상윤(외)편 **슬픈 모순**(외) 김복순(명지대)

❻-1 김억편 **해파리의 노래**(외) 김용직(서울대)

❼-1 나도향편 **어머니**(외) 박헌호(성균관대)

❽-1 조명희편 **낙동강**(외) 이명재(중앙대)

❾-1 이태준편 **사상의 월야**(외) 민충환(부천대)

❿-1 최독견편 **승방비곡**(외) 강옥희(상명대)

⓫-1 이인직편 **은세계**(외) 이재선(서강대)

⓬-1 김동인편 **약한 자의 슬픔**(외) 김윤식(서울대)

⓭-1 현진건편 **운수 좋은 날**(외) 이선영(연세대)

⓮-1 백신애편 **아름다운 노을**(외) 최혜실(경희대)

26권

발행 ▶계속 출간됩니다
크라운 변형판 | 각권 350~620쪽 내외
각권 값 10,000~15,000원
전국 서점에서 낱권으로 판매합니다

범우비평판 한국문학의 특징

▶문학의 개념을 민족 정신사의 총체적 반영
▶기존의 문학전집에서 누락된 작가 복원 및 최초 발굴작품 수록
▶학계의 대표적인 문학 연구자들의 작가론과 작품론 및 작가연보, 작품연보 등 비평판 문학선집의 신뢰성 확보
▶근현대 문학의 '정본'을 확인한 최고의 역작

집대성한 한국문학의 '정본'!

한국문학

문학·예술·종교·사회사상 등 인문사회과학 자료의 보고 ―임헌영(문학평론가)

⑮-1 김영팔편 **곱장칼** (외) 박명진(중앙대)　　⑯-1 김유정편 **산골 나그네** (외) 이주일(상지대)

⑰-1 이석훈편 **이주민열차** (외) 김용성(인하대)　　⑱-1 이상편 **공포의 기록** (외) 이경훈(연세대)

⑲-1 홍사용편 **나는 왕이로소이다** (외) 김은철(상지대)　　⑳-1 김남천편 **전환기와 작가** (외) 채호석(한국외대)

㉑-1 초기 근대희곡편 **병자삼인** (외) 이승희(성균관대)　　㉒-1 이육사편 **광야** (외) 김종회(경희대)

㉓-1 이광수편 **삼봉이네 집** (외) 한승옥(숭실대)　　㉔-1 강경애편 **인간문제** (외) 서정자(초당대)

㉕-1 심　훈편 **그날이 오면** (외) 정종진(청주대)　　㉖-1 계용묵편 **백치 아다다** (외) 장영우(동국대)

발행 예정도서

▶김정진편 《십오분간》(외)―윤진현(인하대) ▶나혜석편 《파리의 그 여자》(외)―이상경(한국과기원) ▶이설주편 《방랑기》(외)―오양호(인천대)
▶정지용편 《장수산》(외)―이승원(서울여대) ▶김소월편 《진달래꽃》(외)―최동호(고려대) ▶이기영편 《오빠의 비밀편지》(외)―김성수(성균관대)
▶방정환편 《유범》(외)―이재철(한국아동문학회장) ▶최승일편 《봉희》(외)―손정수(계명대) ▶최서해편 《홍염》(외)―하정일(원광대) ▶노자영편
《사랑의 불꽃》(외)―권보드래(이화여대)

 종합출판 범우(주) 경기도 파주시 교하읍 문발리 525-2 출판문화정보산업단지
T(031) 955-6900~4 F(031)955-6905　●공급처 : (주)북센 (031)955-6777

온고지신(溫故知新)으로 21세기를!

현대사회를 보다 새로운 시각으로 종합진단하여
그 처방을 제시해주는

범우사상신서

1 자유에서의 도피 E. 프롬/이상두
2 젊은이여 오늘을 이야기하자 렉스프레스誌/방곤 · 최혁순
3 소유냐 존재냐 E. 프롬/최혁순
4 불확실성의 시대 J. 갈브레이드/박현채 · 전철환
5 마르쿠제의 행복론 L. 마르쿠제/황문수
6 너희도 神처럼 되리라 E. 프롬/최혁순
7 의혹과 행동 E. 프롬/최혁순
8 토인비와의 대화 A. 토인비/최혁순
9 역사란 무엇인가 E. 카/김승일
10 시지프의 신화 A. 카뮈/이정림
11 프로이트 심리학 입문 C.S. 홀/안귀여루
12 근대국가에 있어서의 자유 H. 라스키/이상두
13 비극론 · 인간론(외) K. 야스퍼스/황문수
14 엔트로피 J. 리프킨/최현
15 러셀의 철학노트 B. 페인버그 · 카스릴스(편)/최혁순
16 나는 믿는다 B. 러셀(외)/최혁순 · 박상규
17 자유민주주의에 희망은 있는가 C. 맥퍼슨/이상두
18 지식인의 양심 A. 토인비(외)/임현영
19 아웃사이더 C. 윌슨/이성규
20 미학과 문화 H. 마르쿠제/최현 · 이근영
21 한일합병사 야마베 겐타로/안병무
22 이데올로기의 종언 D. 벨/이상두
23 자기로부터의 혁명 ① J. 크리슈나무르티/권동수
24 자기로부터의 혁명 ② J. 크리슈나무르티/권동수
25 자기로부터의 혁명 ③ J. 크리슈나무르티/권동수
26 잠에서 깨어나라 B. 라즈니시/길연
27 역사학 입문 E. 베른하임/박광순
28 법화경 이야기 박혜경
29 융 심리학 입문 C.S. 홀(외)/최현
30 우연과 필연 J. 모노/김진욱
31 역사의 교훈 W. 듀란트(외)/천희상

32 방관자의 시대 P. 드러커/이상두 · 최혁순
33 건전한 사회 E. 프롬/김병익
34 미래의 충격 A. 토플러/장을병
35 작은 것이 아름답다 E. 슈마허/김진욱
36 관심의 불꽃 J. 크리슈나무르티/강옥구
37 종교는 필요한가 B. 러셀/이재황
38 불복종에 관하여 E. 프롬/문국주
39 인물로 본 한국민족주의 장을병
40 수탈된 대지 E. 갈레아노/박광순
41 대장정—작은 거인 등소평 H. 솔즈베리/정성호
42 초월의 길 완성의 길 마하리시/이병기
43 정신분석학 입문 S. 프로이트/서석연
44 철학적 인간 종교적 인간 황필호
45 권리를 위한 투쟁(외) R. 예링/심윤종 · 이주향
46 창조와 용기 R. 메이/안병무
47-1 꿈의 해석 ⓐ S. 프로이트/서석연
47-2 꿈의 해석 ⓑ S. 프로이트/서석연
48 제3의 물결 A. 토플러/김진욱
49 역사의 연구 ① D. 서머벨 엮음/박광순
50 역사의 연구 ② D. 서머벨 엮음/박광순
51 건건록 무쓰 무네미쓰/김승일
52 가난이야기 가와카미 하지메/서석연
53 새로운 세계사 마르크 페로/박광순
54 근대 한국과 일본 나카스카 아키라/김승일
55 일본 자본주의 정신 야마모토 시치헤이/김승일 · 이근원
56 정신분석과 듣기 예술 E. 프롬/호연심리센터

▶ 계속 펴냅니다

범우사 서울시 마포구 구수동 21-1호 전화 717-2121, FAX 717-0429
http://www.bumwoosa.co.kr (천리안 · 하이텔 ID) BUMWOOSA

범우고전선

시대를 초월해 인간성 구현의 모범으로 삼을 만한 책을 엄선

1 유토피아 토마스 모어/황문수
2 오이디푸스 王 소포클레스/황문수
3 명상록·행복론 M.아우렐리우스·L.세네카/황문수·최현
4 깡디드 볼페르/염기용
5 군주론·전술론(외) 마키아벨리/이상두
6 사회계약론(외) J.루소/이태일·최현
7 죽음에 이르는 병 키에르케고르/박환덕
8 천로역정 존 버니언/이현주
9 소크라테스 회상 크세노폰/최혁순
10 길가메시 서사시 N.K.샌다즈/이현주
11 독일 국민에게 고함 J.G.피히테/황문수
12 히페리온 F.휠덜린/홍경호
13 수타니파타 김운학 옮김
14 쇼펜하우어 인생론 A.쇼펜하우어/최현
15 톨스토이 참회록 L.N.톨스토이/박형규
16 존 스튜어트 밀 자서전 J.S.밀/배영원
17 비극의 탄생 F.W.니체/곽복록
18-1 에 밀(상) J.J.루소/정봉구
18-2 에 밀(하) J.J.루소/정봉구
19 팡 세 B.파스칼/최현·이정림
20-1 헤로도토스 歷史(상) 헤로도토스/박광순
20-2 헤로도토스 歷史(하) 헤로도토스/박광순
21 성 아우구스티누스 고백록 A.아우구스티누/김광원
22 예술이란 무엇인가 L.N.톨스토이/이철
23 나의 투쟁 A.히틀러/서석연
24 論語 황병국 옮김
25 그리스·로마 회곡선 아리스토파네스(외)/최현
26 갈리아 戰記 G.J.카이사르/박광순
27 善의 연구 니시다 기타로/서석연
28 육도·삼략 하재철 옮김

29 국부론(상) A.스미스/최호진·정해동
30 국부론(하) A.스미스/최호진·정해동
31 펠로폰네소스 전쟁사(상) 투키디데스/박광순
32 펠로폰네소스 전쟁사(하) 투키디데스/박광순
33 孟子 차주환 옮김
34 아방강역고 정약용/이민수
35 서구의 몰락 ① 슈펭글러/박광순
36 서구의 몰락 ② 슈펭글러/박광순
37 서구의 몰락 ③ 슈펭글러/박광순
38 명심보감 장기근
39 월튼 H.D.소로/양병석
40 한서열전 반고/홍대표
41 참다운 사랑의 기술과 허튼 사랑의 질책 안드레아스/김영락
42 종합 탈무드 마빈 토케이어(외)/전풍자
43 백운화상어록 백운화상/석찬선사
44 조선복식고 이여성
45 불조직지심체요절 백운선사/박문열
46 마가렛 미드 자서전 M.미드/최혁순·최인옥
47 조선사회경제사 백남운/박광순
48 고전을 보고 세상을 읽는다 모리아 히로시/김승일
49 한국통사 박은식/김승일
50 콜럼버스 항해록 라스 카사스 신부 엮음/박광순
51 삼민주의 쑨원/김승일(외) 옮김
52-1 나의 생애(상) L.트로츠키/박광순
52-1 나의 생애(하) L.트로츠키/박광순
53 북한산 역사지리 김윤우
54-1 몽계필담(상) 심괄/최병규
54-1 몽계필담(하) 심괄/최병규

▶ 계속 펴냅니다

범우사 서울시 마포구 구수동 21-1호 TEL 717-2121, FAX 717-0429
http://www.bumwoosa.co.kr (E-mail) bumwoosa@chollian.net

범우학술·평론·예술

방송의 현실과 이론 김한철
독서의 기술 모티머 J./민병덕 옮김
한자 디자인 한편집센터 엮음
한국 정치론 장을병
여론 선전론 이상철
전환기의 한국정치 장을병
사뮤엘슨 경제학 해설 김유송
현대 화학의 세계 일본화학회 엮음
신저작권법 축조개설 허희성
방송저널리즘 신현응
독서와 출판문화론 이정춘·이종국 편저
잡지출판론 안춘근
인쇄커뮤니케이션 입문 오경호 편저
출판물 유통론 윤형두
통합적 마케팅 커뮤니케이션 김광수(외) 옮김
'83~'97출판학 연구 한국출판학회
자아커뮤니케이션 최창섭
현대신문방송보도론 팽원순
국제출판개발론 미노와/안춘근 옮김
민족문학의 모색 윤병로
변혁운동과 문학 임헌영
조선사회경제사 백남운
한국정치의 이해 장을병
조선경제사 탐구 전석담(외)
한국전적인쇄사 천혜봉
한국서지학원론 안춘근
현대매스커뮤니케이션의 제문제 이강수
한국상고사연구 김정학
중국현대문학발전사 황수기
광복전후사의 재인식 I, II 이현희
한국의 고지도 이 찬
하나되는 한국사 고준환
조선후기의 활자와 책 윤병태
신한국사의 탐구 김용덕
독립운동사의 제문제 윤병석(외)
한국현실 한국사회학 한완상

텔레비전과 페미니즘 김선남·김흥규
아동문학교육론 B. 화이트헤드
한국의 청동기문화 국립중앙박물관
겸재정선 진경산수화 최완수
한국 서지의 전개과정 안춘근
독일 현대작가와 문학이론 박환덕(외)
정도 600년 서울지도 허영환
신선사상과 도교 도광순(한국도교학회)
언론학 원론 한국언론학회 편
한국방송사 이범경
카프카문학연구 박환덕
한국민족운동사 김창수
비교텔레콤論 질힐/금동호 옮김
북한산 역사지리 김윤우
한국회화소사 이동주
출판학원론 범우사 편집부
한국과거제도사 연구 조좌호
독문학과 현대성 정규화교수간행위원회편
겸재진경산수 최완수
한국미술사대요 김용준
한국목활자본 천혜봉
한국금속활자본 천혜봉
한국기독교 청년운동사 전택부
한시로 엮은 한국사 기행 심경호
출판물 판매기술 윤형두
우루과이라운드와 한국의 미래 허신행
기사 취재에서 작성까지 김숙현
세계의 문자 세계문자연구회/김승일 옮김
불조직지심체요절 백운선사/박문열 옮김
임시정부와 이시영 이은우
매스미디어와 여성 김선남
눈으로 보는 책의 역사 안춘근·윤형두 편저
현대노어학 개론 조남신
교양 언론학 강좌 최창섭(외)
통합 데이타베이스 마케팅 시스템 김정수
문화간 커뮤니케이션의 이해 최윤희·김숙현

범우사   서울시 마포구 구수동 21-1
전화 717-2121 FAX 717-0429

JAMES JOYCE
제임스 조이스전집

영웅 스티븐 망명자들

제임스 조이스/ 김종건(전 고려대 교수) 옮김

**美 랜덤하우스가 선정한 20세기 최고의 영문소설 작가요,
최고의 모더니스트로 불리는 제임스 조이스의 최후 작품!**

**젊은 영웅의 예술과 종교, 사랑과 우정의
미묘한 역학 관계를 이해하고 체험하려는
독자에게 주는 조이스의 마지막 유고집―.**

조이스의 전집 마지막 제8권에는 〈영웅 스티븐〉과 〈망명자들〉이 수록되어 있다. 〈영웅 스티븐〉은 조이스의 작품들 가운데 독자가 접근해야 할 최후의 것에 속한다. 왜냐하면 이는 단편이요, 미완성의 텍스트이기 때문이다. 또한 이는 우리가 예술적으로 한층 연마된 작품인 〈젊은 예술가의 초상〉을 마스터한 다음에 읽어야 할 텍스트이기도 하다. 〈젊은 예술가의 초상〉의 구조적 음률의 복잡한 미를 감상한 다음에 우리는 그제야 〈영웅 스티븐〉에 접근할 수 있을 것이며 그의 주제, 언어 및 등장인물의 예비적이요 미완성의 진전과 전개를 관찰함으로써, 완성된 소설을 보다 예리하게 감상할 수 있다.